»Die Anklage fordert eine Verurteilung des Angeklagten Kazuma Sato wegen Landesverrats.«
Sena
»Ah ha ha ha … Irgendwie haben die mich vorgeladen …«
Cris
»Angeklagter, ich rate Ihnen, Ihre Verteidiger mit mehr Bedacht zu wählen.«
Der Richter

AF214513

»Mein ganzer Körper ist von Krötenschleim überzogen. Ich pack dich und nagel dich fest!«
»M... Megumin? D... Das ist nicht lustig ...
Yunyun

»Überlassen Sie das nur mir.«

»Urgh! Das ist definitiv der Gestank eines Teufels!«
»D… Das gefällt mir nicht … Wenn das so weiter-geht …«

KONOSUBA! GOD'S BLESSING ON THIS WONDERFUL WORLD!

3

INHALT

KONOSUBA!

GOD'S BLESSING ON THIS WONDERFUL WORLD

Sie werden erwartet, Darkness

NATSUME AKATSUKI

ILLUSTRATIONEN VON KURONE MISHIMA

TOKYOPOP®

Charakter
Verteidigung
Aqua
Überlass das Anwaltsgerede mir, Hiki-Neet* ... äh, Kazuma!
Alter Unbekannt
Job Hohepriesterin
Kazuma
Bitte versuch nicht, mir zu helfen ...
Megu-min
Ha! Vertrau mir einfach. Wir vom Clan des Roten Dämons sind Meisterstrategen!
Alter 13
Job Erzmagierin
Ernsthaft. Spar's dir einfach!
Dark-ness
Ich werde jegliche Beweise mit meinem messerscharfen Verstand und meiner eisernen Verteidigungsstrategie abschmettern!
Alter 18
Job Paladin
Der Nächste, bitte!
Alter 16
Job Abenteurer
Yun-yun
Alter 13
Job Erzmagierin
Eris
Alter Unbekannt
Job Göttin
Wiz
Alter 20
Job Ladenbesitzerin
*Mischung aus Hikikomori (Person, die sich zu Hause einschließt, weder in die Schule noch zur Arbeit geht und kaum Kontakte außerhalb der Familie hat) und Neet (junger Mensch ohne Beruf, Ausbildung oder sonstige Beschäftigung).
Weitere

profile

Figuren

Prolog

Hallo, Mama und Papa,
wie geht's euch? Ich wette, bei euch ist es ziemlich kalt.

»Angeklagter Kazuma Sato, unter Berücksichtigung Ihrer wiederholten und unmenschlichen Vorgehensweisen …«

Oder schmilzt bei euch schon der Schnee?
Wie geht's meinem kleinen Bruder? Alles wie immer?

»… sowie der gesellschaftsfeindlichen Aktivitäten, die die Ordnung der Stadt gefährdet haben …«

Ich kenn euch doch. Ich weiß, ihr kommt bestens miteinander aus.

»… komme ich zum Schluss, dass die Forderung der Staatsanwältin berechtigt ist.«

Meistens geht es mir in meiner neuen Heimat gut.

»Der Angeklagte wird daher schuldig gesprochen …«

Auch wenn euer Sohn euch mit dieser Anklage zutiefst beschämt hat …

»... und hiermit zum Tode verurteilt.«

... hoffe ich, ihr könnt mir vergeben.

Kapitel 1
Auf dass ich aus diesem unfairen Prozess gerettet werde!

1

Die mobile Festung Destroyer. Ich weiß nicht, wer darauf gekommen ist, aber hinter dem lächerlichen Namen verbarg sich eine Existenz, auf die ein Kopfgeld ausgesetzt war und die auf der ganzen Welt gefürchtet wurde.

Vor gerade einmal einem Tag hatten wir sie dank meiner Führungsqualitäten bezwungen. Dann waren wir in die Gilde gekommen, um unsere Belohnung abzuholen, aber die Dinge hatten eine seltsame Wendung genommen.

»Abenteurer Kazuma Sato, Sie stehen unter Verdacht des Landesverrats. Sie müssen mit mir kommen.«

»Ähm, wer sind Sie? Und was heißt Landesverrat? Ich bin nur hier, um meine Belohnung abzuholen«, sagte ich nervös zu der Frau, deren Augen bedrohlich funkelten.

Das fröhliche Geplauder in der Gildenhalle verstummte, als die Frau, die von zwei Rittern begleitet wurde, erklärte: »Ich bin Sena, Staatsanwältin. Landesverrat beschreibt das Verbrechen, eine Regierung unterwandern oder stürzen zu wollen. Sie werden derzeit verdächtigt, ein Terrorist zu sein – oder auch ein Agent des Dämonenkönigs.«

Langes schwarzes Haar rahmte das Gesicht von Staatsanwältin Sena ein, die mich eindringlich musterte. Auf den ersten Blick hätte man sie für eine hochbezahlte Chefsekretärin halten können. Außerdem sah sie absolut umwerfend aus.

»Was?! Moment mal«, fuhr Aqua auf. »Kazuma, was hast du getan?! Kann ich dich nicht eine Minute lang allein lassen? Entschuldige dich sofort! Ich helf dir auch – und jetzt beeil dich und sag, dass es dir leidtut!«

»Bist du dumm? Warum sollte ich so ein Verbrechen begehen? Und wann hast du mich je ›eine Minute lang allein gelassen‹? Du solltest wissen, dass ich nichts getan habe!«

Während wir uns stritten, schaltete sich Megumin ein: »Entschuldigung, aber liegt da vielleicht ein Versehen vor? Kazuma mag sich ständig kleinerer Vergehen wie sexueller Belästigung schuldig machen, aber für solche Verbrechen im großen Stil hätte er gar nicht die Nerven.«

»Willst du mich verteidigen oder mich richtig reinreiten?«

Kaum hatte ich meinen Zorn auf Megumin gerichtet, nahm Darkness den Faden auf. »Hmm, ich muss auch sagen, dass dieser Mann einfach nicht zu einem so schwerwiegenden Verbrechen fähig ist. Wenn er das wäre, würde er mich nicht einfach nur mit animalischer Lust anstarren, wenn ich in Kleidern durchs Haus laufe, die kaum etwas bedecken. Aber er bringt es nicht mal fertig, sich nachts in mein Zimmer zu schleichen.«

»I… I… I… I… Ich starre dich überhaupt nicht an! Du bist einfach viel zu sehr von dir selbst eingenommen! Nur weil du vielleicht ein bisschen heiß aussiehst, brauchst du dir darauf nichts einzubilden! Und darf ich solche Entscheidungen vielleicht selbst treffen?!«

Darkness errötete. »A… Aber du …! Im Bad hast du all diese Dinge von mir verlangt und jetzt …«

»Wir waren uns doch einig, dass ich unter dem Einfluss des Sukkubus stand! Du warst diejenige, die sich hat mitreißen lassen und mir den Rücken gewaschen hat! Wer weiß, vielleicht wolltest du ja, dass es weitergeht! Bist du wirklich so leicht zu haben?!«

»I… Ich wusste doch, dass du dich erinnerst! Als Paladin, die Eris dient, ist mein Körper unbefleckt! Und du wagst es, mir vorzuwerfen, ich sei leicht zu haben?! Ich bring dich um!«

Darkness versuchte, mich zu erwürgen, als einer von Senas Begleitern uns trennte.

Die Staatsanwältin beobachtete das Ganze, ohne mit der Wimper zu zucken, und sagte dann: »Das Coronatit im Kern der mobilen Festung Destroyer wurde auf den Befehl dieses Mannes hin in das Anwesen des hiesigen Fürsten teleportiert.«

Daraufhin senkte sich absolute Stille über die Gildenhalle.

Coronatit. Während des Kampfes mit dem Destroyer hatten wir Teleportmagie benutzt, um es loszuwerden, kurz bevor es explodieren konnte. Und ja, ich hatte den Befehl dazu gegeben. Aber wie konnte es …?

»Oh nein! Wurde der Fürst durch eine Explosion, die *ich* verursacht habe, getötet?!«

»Bilden Sie sich nichts ein! Er lebt. Den Berichten zufolge hatten alle Bediensteten die Villa verlassen, und der Fürst selbst hatte sich in einen Untergrundbunker zurückgezogen. Es gab also keine Verletzten, auch wenn das Haus selbst vollkommen zerstört wurde.«

»Es ist also niemand im Kampf gegen den Destroyer gestorben? Ein Glück!«

»Glück? Verstehen Sie überhaupt die Lage, in der Sie sich befinden? Sie haben explosives Material in das Anwesen des Adeligen befördert und sein Heim zerstört. Wie bereits gesagt, stehen Sie unter Verdacht, ein Terrorist zu sein oder mit dem Dämonenkönig unter einer Decke zu stecken. Auf der Wache werden wir Genaueres herausfinden.«

Nachdem sie geendet hatte, brachen wilde Diskussionen überall in der Halle aus. Immerhin kannten mich alle Abenteurer hier.

Und sie wussten auch, was ich im Kampf gegen den Destroyer geleistet hatte.

»Hmm, und ich dachte schon, es gäbe ein ernsthaftes Problem. Kazuma ist der Held der Schlacht gegen den Destroyer. Ja, er hat den Teleport des Steins befohlen, aber das war ein Notfall. Wenn er nicht so schnell reagiert hätte, hätte die Coronatit-Explosion viele Leben kosten können. Er verdient eine Auszeichnung, keine Verhaftung!«

Überall in der Gildenhalle ertönte gemurmelte Zustimmung.

L... Leute ...!

Während ich noch das wohlige Gefühl genoss, konterte Sena: »Die Anklage des Landesverrats beschränkt sich nicht nur auf den Hauptakteur, sie kann auch auf seine Mitverschwörer ausgeweitet werden. Ich rate Ihnen also, vorsichtig zu sein, was Sie sagen und tun, bis der Prozess vorbei ist. Wenn Sie diesem Mann aber unbedingt Gesellschaft im Gefängnis leisten wollen, werde ich Sie nicht aufhalten.«

Daraufhin senkte sich wieder Schweigen über die Gildenhalle.

Dann meldete sich plötzlich Aqua zu Wort: »Ich weiß noch, dass Kazuma meinte: ›Die Welt ist groß! Die Wahrscheinlichkeit, dass der Stein irgendwo an einem verlassenen Ort landet, ist viel größer. Tu es – ich übernehme die volle Verantwortung! Ich seh vielleicht nicht nach viel aus, aber Glück hab ich im Überfluss!‹«

Stimmt, das hatte ich gesagt. Aber warum musste sich diese Idiotin gerade *diesen* Moment aussuchen, um ein perfektes Gedächtnis zu entwickeln?

»Aqua. Willst du das ernsthaft alles ... mir allein anhängen ...?«

Sie antwortete nicht, wandte sich aber mit unglücklicher Miene ab.

»Ich selbst war nicht an Bord des Destroyers. Ich bin sicher, ich hätte Kazuma aufhalten können, wenn ich dabei gewesen wäre. Aber das war ich nicht, also konnte ich auch nichts tun ... *nichts* ...«, murmelte Megumin lautstark vor sich hin.

»Moment mal, Aqua, Megumin ... Wie könnt ihr ...?«

Das konnten sie doch nicht wirklich ...?!

Darkness baute sich zwischen mir und Sena auf, als wollte sie mich beschützen. »Warten Sie. Ich bin die, nach der Sie suchen. Ich habe den Befehl gegeben. Wenn Sie also an jemandem Ihre Folterspielchen ... Nein! Ich meine natürlich, bitte nehmen Sie mich auch mit und unterziehen Sie mich Ihrer brutalen Folter!«

»Interessant«, sagte Sena. »Soweit ich gehört habe, standen Sie die ganze Zeit einfach nur vor dem Destroyer und haben rein gar nichts getan.«

Zutiefst erschüttert schossen Darkness Tränen in die Augen. Sie sah mich an, aber Sena hatte recht, und außerdem war jetzt nicht der richtige Zeitpunkt für so was.

Schließlich hob Wiz, die die ganze Zeit über still gewesen war, eine zitternde Hand. »Ähm ... Ich war diejenige, die ›Teleport‹ angewendet hat. Wenn Sie also darauf bestehen, Kazuma mitzunehmen, nehmen Sie mich b... bitte auch mit ...«

Aqua ergriff Wiz' erhobene Hand. »Nein, Wiz! Es reicht, wenn einer sich opfert! Ich weiß, es ist schwer, aber du musst stark sein! Das ist kein Abschied für immer. Wir warten einfach, bis Kazuma seine Strafe abgesessen hat, okay?«

Du mieses Stück! Du hast mich also schon abgeschrieben?!

Nein. Ich *hatte* Wiz den Befehl gegeben. Ich durfte nicht zulassen, dass sie allein den Kopf hinhielt.

»Schön, Leute! Lasst mich nur im Stich! Ich hab eine ganze Gilde hinter mir!«

Während ich sprach, sah ich mich in der Gildenhalle um. Einer nach dem anderen wandte sich ab, bevor unsere Blicke sich begegnen konnten.

Auch du, Gilde?!

»K… Kommt schon, Leute! Zeigt ein bisschen Kampfgeist! Helft mir mal ein bisschen!«

Ein Magier-Mädchen meldete sich leise: »Als ich Kazuma das erste Mal sah … Ich weiß es noch genau. Er war hinter der Gildenhalle und hat einer Diebin das Höschen gestohlen. Ein solcher Anblick ist schwer zu vergessen.«

Ey!

»Ja, ich dachte immer, dass es nur eine Frage der Zeit wäre, bis er durchdreht.«

»Wem sagst du das? Ich hab gehört, er hat diese Priesterin in seine Party aufgenommen, sie in einen Käfig gesperrt und wollte sie an die Krokodile verfüttern.«

»Ich hab gehört, er hat einem Typen, der ihn herausgefordert hat, sein magisches Schwert geklaut und es dann einfach verkauft.«

»Ihr seid mir ja schöne Freunde! Ich werd mir euch merken! Wartet nur, bis meine Unschuld bewiesen wurde!«

Während ich noch die letzten Worte ausspie, packten mich die Ritter an den Armen.

»Das werdet ihr bereueeeeen!«

2

Wir waren auf der Polizeiwache im Stadtzentrum. Als gesetzestreuer Abenteurer war ich noch nicht oft hier gewesen, doch nun wurde ich tiefer und tiefer hineingeführt.

»Rein da! Bis der Prozess vorbei ist, ist das Ihr neues Zuhause.« Sena, die vor mir hergegangen war, blieb stehen und deutete auf eine feuchte, enge Zelle.

»H… Hey, ich dachte, ich sei der Held, der die ganze Stadt gerettet hat … Das soll doch wohl ein Scherz sein. Wollen Sie mich wirklich einsperren? Hey, ist das Ihr Ernst?«

Sena reagierte auf meinen Ausbruch in eisigem Tonfall. »Wir reden morgen. Und jetzt genießen Sie Ihren Aufenthalt.«

Sie hatte meine Frage nicht beantwortet, doch die Ritter verstanden das als Zeichen, mich in die Zelle zu stoßen. Dann machten Sena und ihre Begleiter auf dem Absatz kehrt und gingen davon.

»Hey! Warten Sie! Sie können mich doch nicht hierlassen … Sie … lassen mich hier …« Ich klammerte mich an die Gitterstäbe der düsteren, kalten Zelle und konnte es nicht glauben. Heute Morgen noch hatte ich gemütlich zu Hause gesessen. Wie hatte sich das Blatt so schnell wenden können?

Verzweifelt untersuchte ich meine Zelle. Auf dem kalten Boden lagen ein paar Decken, in einer Ecke gab es eine Toilette und darüber ein vergittertes Fenster. Mehr nicht.

Es war unfassbar. Wie konnte der Retter der gesamten Stadt hier enden?

In der Dunkelheit kauerte ich mich hin und vergrub mein Gesicht an meinen Knien.

Früher hatte ich mein Leben als Hikikomori genossen. Ich hatte bis mittags geschlafen, war in meinem schönen, warmen Zimmer aufgewacht und hatte nach Herzenslust Videogames gespielt. Ich hatte Mutters Kochkünste genossen, war schlafen gegangen, wann ich wollte, und aufgestanden, wenn mir danach war. Hach, ich hatte mich ganz dem Müßiggang hingegeben!

Und dann war ich hergekommen und jeder Tag war ein Kampf gewesen. Ich wusste nicht, wie die Dinge in dieser Welt liefen, also hatte ich keinen anständigen Job gefunden. Ich hatte körperlich schuften und jede Nacht in einem Stall schlafen müssen. Ich hatte meine Zeit damit verbracht, einen Haufen Leute zu babysitten, die ich kaum verstand, und es hatte mir nichts als Schulden eingebracht ...

Ich wurde immer wütender. Wenn ich hier rauskam, würden sie alle ihr Fett wegkriegen!

Aber ...

»Ich will nach Hause ... zurück nach Japan ...«

Zum ersten Mal seit Langem erinnerte ich mich wieder an mein ursprüngliches Ziel: nach Hause zu kommen.

Ich stand in einer Welt vor Gericht, in der Adelige und Könige und all so was Normalität waren. Wenn man bedachte, wer der Kläger war, war es gut möglich, dass mir die Todesstrafe drohte.

Mir dämmerte langsam, wie düster meine Lage wirklich war. Diese Erkenntnis zusammen mit dem Zellenmuff ließ meine Stimmung in den Keller sinken. Ich war von Steinmauern umgeben und den Tränen nah. Da hörte ich in der Ferne Schritte.

»Hey, ich wehr mich doch gar nicht. Seid nicht so grob!«

»Du sollst nicht die Lippen bewegen, sondern die Füße, Penner!«, erklang eine aggressive Stimme, begleitet vom Klirren einer Rüstung. Sie brachten mir wohl Gesellschaft.

Moment. Das ist die einzige Zelle.

Das sollte ja wohl ein Scherz sein. Irgendein krimineller Fremder und ich sollten zusammen in diese Zelle gepfercht werden?

»Rein da! Wie oft müssen wir dich noch einbuchten? Das ist eine Gefängniszelle, kein Hotel! Aber heute ist dir jemand zuvorgekommen. Versucht, euch nicht gegenseitig umzubringen.«

»Jaja, was auch immer. Hey, Gesellschaft, freut mich ... Na, wenn das nicht Kazuma ist! Wie bist du denn hier gelandet?«

Es gab nur einen Abenteurer in der Stadt, der als Gauner bekannt war, und er war hier in meiner Zelle: Dust.

»Hey, schön, dich zu sehen. Also, wofür sitzt du?« Die Ritter waren gegangen. Aber Dust wirkte für einen Knastbruder erstaunlich gut gelaunt.

»Ach, du weißt schon, sie ... sie denken, ich bin ein Terrorist oder so was. Als wir den Destroyer vernichtet haben, war ich derjenige, der den Befehl gegeben hat, das Coronatit wegzuteleportieren, bevor es explodieren konnte. Es hat wohl die Villa eines Fürsten getroffen und alles zerstört.«

Nachdem er meine Geschichte gehört hatte, platzte Dust fast vor Lachen. »Bwa ha ha ha ha! Du machst echt keine halben Sachen, was, Kazuma? Dieser dämliche Fürst ist doch den Arsch nicht wert, auf dem er sitzt! Gut gemacht! Ha ha ha! Dem hast du's gezeigt!«

»Sei ruhig. Das *wollte* ich doch nicht! Ich hab nichts gegen diesen Fürsten ... Warte mal, was machst *du* eigentlich hier, Dust?«

Seiner Unterhaltung mit der Wache nach zu urteilen, war er regelmäßig hier.

»Ich? Och, ich hab gehört, es gäb 'ne Belohnung für die Destroyer-Sache, also hab ich vorab schon mal ein bisschen gefeiert – und hab natürlich anschreiben lassen. Ich dachte, es würde schon genug dabei rausspringen, weißt du? Also hab ich auch ein bisschen gezockt ... natürlich auch mit Geld, das ich noch nicht hatte. Nur fiel die Belohnung dann nicht ganz so hoch aus, wie ich erwartet hatte. Ich konnte meine Schulden nicht bezahlen. Ohne Geld muss ich im Stall schlafen, aber da wird es zu dieser Jahreszeit ziemlich kalt. Also dachte ich, ich könnt hierbleiben. Man kriegt was zu essen und muss sich nicht den Hintern abfrieren. Also hab ich die Zeche geprellt. Und wenn sie dich hier reinwerfen, wird das nicht mal auf deine Schulden aufgeschlagen!«

Ganz schön dreist, Dust!

Ins Gefängnis geworfen zu werden, hatte mich fertiggemacht, aber weil Dust sich so gar nicht darum scherte, dass er als fieser Gauner verschrien war, fühlte auch ich mich ein bisschen besser.

3

Ich schlug die Zeit tot, indem ich sinnlose Unterhaltungen mit Dust führte, mein Essen aß und früh zu Bett ging.

Wie lange hab ich geschlafen …?

Eine entfernte Explosion weckte mich. Die ganze Zelle bebte leicht. Außerdem flüsterte jemand etwas. »…zuma … Kazuma! Hey, Kazuma, wach auf!«

Das Mondlicht fiel durch die Gitterstäbe. Es musste etwa Mitternacht sein.

»Hey, Kazuma, hörst du mich? Hey!«

Ich erkannte die Stimme vor meinem Fenster.

Dann blickte ich mich um, um sicherzugehen, dass außer Dust, der vor sich hin schnarchte, niemand in der Nähe war. So tief im Inneren der Polizeiwache hielten sie es wohl nicht für nötig, uns im Auge zu behalten.

Das Fenster war viel zu hoch, als dass ich es hätte erreichen können. Ich stand darunter, und dieses Mal konnte ich eindeutig Aquas Stimme ausmachen.

»Aqua, du …! Was machst du hier?«

»Dich retten natürlich. Megumin und Darkness lenken die Polizisten ab. Megumin hat vor der Stadt eine Explosion ausgelöst. So ziemlich die gesamte Einheit ist ausgerückt, um sich das anzusehen. Jetzt gerade sollte Darkness mit Megumin auf dem Rücken vom Tatort fliehen.«

Die Erschütterungen waren also eine Folge von Megumins Zauber.

»Was soll das alles überhaupt? Wenn ihr mir jetzt zur Flucht verhelfen wollt, hättet ihr mir auch heute Morgen beistehen können.«

»Wenn wir das getan hätten, hätten sie uns vielleicht alle verhaftet. Außerdem ist es ja nicht so, dass wir uns Sorgen machen müssten, dass du dich rächen könntest, wenn du frei bist. Was willst du schon tun?«

Der letzte Teil erklärte zumindest, warum sie gekommen war, um mich zu retten. Aber …

»Sollte ich wirklich fliehen? Macht das alles nicht nur schlimmer?«

»Was redest du da? Es kann nicht schlimmer werden. Landesverrat ist ein Kapitalverbrechen. Darkness zufolge ist der Fürst, dessen Villa du gesprengt hast, ein richtiger Mistkerl, der sehr nachtragend ist. Und du bist nur ein Abenteurer von zweifelhafter Herkunft. Er verfügt wahrscheinlich über genug Macht, um die Fakten zu ignorieren und dich so oder so zum Tode zu verurteilen.«

Tja, ich hatte diese Welt ja mit dem Mittelalter verglichen. Ein Menschenleben war hier einen Dreck wert.

»Na schön. Aber wie willst du mich hier rausholen? Kannst du die Gitterstäbe durchtrennen oder so was?«

Aqua kicherte selbstsicher und warf etwas durch die Gitterstäbe. Mit einem leisen Klirren schlug es auf dem Boden auf: ein Draht.

Was hatte sie vor? Sie wollte doch nicht etwa …?

»Du nimmst jetzt diesen Draht und knackst damit das Schloss, wie im Manga oder so. Dann benutzt du deinen ›Verstecken‹-Skill, um unbemerkt aus der Wache zu marschieren! Du gehst zurück zur Villa und machst dich zur Flucht bereit. Verstanden? Ich warte vor der Wache.«

Damit ging sie.

Ich hob den Draht auf und betrachtete das Schloss.

Es war ein Zahlenschloss. Man musste eine achtstellige Kombination eingeben, um es zu öffnen.

»Vielleicht leg ich mich einfach wieder schlafen …«

Und so rollte ich mich wieder unter meiner Decke zusammen.

4

»Aufwachen! Sie kommen mit. Zeit für Ihre Befragung.«

Ich war immer noch in meine Decke gewickelt, als Sena mich mit einer Ohrfeige weckte.

»Mann, es ist doch noch viel zu früh.«

»Es ist fast Mittag! Was für ein Leben haben Sie bitte bisher geführt?«

Sie führten mich an den gaffenden Mitarbeitern vorbei zu einem bestimmten Raum.

»Na schön. Rein da. Wir hören uns Ihre lächerlichen Ausflüchte an. Dann entscheiden wir, ob es einen Prozess geben wird.

Ich rate Ihnen, Ihre Worte mit Bedacht zu wählen.«

Von Senas Erklärung eingeschüchtert betrat ich zitternd den Raum. Darin standen ein Tisch und zwei Stühle. Neben der Tür stand ein weiterer kleiner Schreibtisch mit Sitzgelegenheit. Das Ganze entsprach dem Verhörraum in jeder beliebigen Polizeiserie.

Einer der Ritter, die uns begleitet hatten, setzte sich wortlos an den Schreibtisch und breitete einige Papiere aus. Er musste der – wie nennt man das noch? – Stenograf sein.

Die andere Wache drückte mich auf einen der Stühle am Tisch in der Mitte des Zimmers. Ebenso wortlos blieb er hinter mir stehen – wahrscheinlich damit er mich überwältigen konnte, sollte ich gewalttätig werden.

Unter dem Druck, mit zwei Rittern in voller Rüstung in einem kleinen Raum eingesperrt zu sein, zitterte ich nur noch mehr.

Sena setzte sich mir gegenüber und stellte eine kleine Glocke auf den Tisch. »Wissen Sie, was das ist? Es ist ein magisches Gerät, das erkennt, wenn Sie lügen. Es wird oft in Gerichtssälen und auf Polizeiwachen verwendet. Aufgrund von Zaubern, mit denen der Raum belegt ist, läutet die Glocke, wenn jemand die Unwahrheit sagt. Das sollten Sie im Hinterkopf behalten … Also, fangen wir an?«

Ihre Worte machten die Situation nur noch beklemmender. Dann fing sie an, mich mit versteinerter Miene zu befragen. Dabei trommelte sie immer wieder auf dem Tisch, wahrscheinlich um mich nervös zu machen.

»Kazuma Sato. Sechzehn Jahre alt. Beruf: Abenteurer. Klasse: ebenfalls Abenteurer. Erzählen Sie mir erst mal, wo Sie herkommen und was Sie gemacht haben, bevor Sie Abenteurer wurden.«

Schon auf die erste Frage wusste ich nicht, was ich antworten sollte. Wie sollte ich erklären, wo ich herkam und was ich gemacht hatte? Und wenn ich log, würde das Glöckchen läuten …

»Ich komme aus Japan und bin dort zur Schule gegangen.«

Ding.

Hey, ich hatte nicht gelogen!

Sena unterbrach ihr Trommeln und runzelte die Stirn. »Eine Falschdarstellung der Herkunft und des Werdegangs …«

Ich konnte hören, wie der Stenograf pflichtbewusst ihre Worte niederschrieb.

»Warten Sie! Ich hab nichts Falsches gesagt!«

Ding.

Was zum Teufel?! Warum klingelte sie?! Ich *war* aus Japan und ich *war* zur Schule … gegangen …?

»Ich komme aus Japan und habe mich jeden Tag zu Hause eingeschlossen und in den Tag gelebt.«

Während ich sprach, beobachtete Sena eindringlich das Glöckchen. Genau wie ich. Dieses Mal klingelte es nicht.

»Warum haben Sie vorgegeben, Schüler zu sein?«

»Ich habe nichts vor… Vergessen Sie's.«

Verdammt! Dämliche magische Glocke!

»Ich habe noch nie von einem Land namens *Japan* gehört. Aber lassen wir das außer Acht. Warum haben Sie beschlossen, Abenteurer zu werden?«

»Um den Leuten zu helfen, die unter der Knute des Dämonenkönigs leiden. Ich wollte …«

Ding.

»Ich dachte, es sei cool, ein Abenteurer zu sein, und ich dachte, so könnte ich ganz leicht gutes Geld verdienen. Außerdem hatte ich gehofft, dass das die Mädchen anziehen würde.«

»D… Das reicht. Also, was haben Sie gegen unseren Fürsten? Ich habe erfahren, Sie haben sich darüber beschwert, dass Sie verschuldet sind …«

»Nachdem wir den Dullahan besiegt hatten, haben wir eine große Belohnung bekommen, aber nach Abzug der Kosten für die Reparaturen der Stadt wurde daraus ein Schuldenberg. Die Stadt zu retten, ist bedeutungslos, wenn wir sie dabei zerstören. Das verstehe ich voll und ganz.«

Ding.

»*Hach.* Ganz ehrlich? Mit dieser Logik argumentiere ich immer bei meinen Freunden, wenn sie wütend darüber werden, aber eigentlich kann ich nicht glauben, dass Abenteurer, die die ganze Stadt gerettet haben, so behandelt werden. Klar will ich da jemanden umbringen.«

»V… Verstehe … Also, weiter …«

»Entschuldigung, aber kann ich was sagen?«, begann ich zögerlich, um Sena zu unterbrechen, bevor sie ihre nächste Frage stellen konnte. »Können Sie mich nicht einfach direkt fragen: ›Arbeiten Sie für den Dämonenkönig?‹ oder ›Haben Sie den Befehl gegeben, weil Sie unseren Fürsten hassen?‹ oder so was? Wie ich immer wieder erkläre, *ja*, ich habe vorgeschlagen, ›Zufallsteleport‹ zu benutzen, aber *nein*, ich hatte es nicht auf diesen Fürsten abgesehen. Ich hatte keine Ahnung, dass das passieren würde. Ich wollte nur die Stadt retten. Das ist die Wahrheit.«

Die ganze Zeit über beobachtete Sena das Glöckchen. Natürlich läutete es nicht.

Als sie das erkannte, seufzte sie. »Ich habe mich wohl von all den schrecklichen Dingen, die ich über Sie gehört habe, in die Irre leiten lassen. Dafür entschuldige ich mich.«

Die schlug ja schnell einen anderen Ton an. Die Staatsanwältin verbeugte sich tief. Wie sie mich bisher behandelt hatte, war wohl die Art, wie sie mit Kriminellen umging. Das hier war ihr wahres Gesicht.

Aber nachdem ich gerade rehabilitiert worden war, musste ich natürlich die Klappe aufreißen. »Mann, Leute nur wegen ein paar Gerüchten ins Gefängnis zu werfen! Ich wette, dafür könnten Sie Ihre Zulassung verlieren!«

»Hrk ... Verzeihung ... Es tut mir wirklich leid ...« Wieder verbeugte sie sich.

»Wissen Sie eigentlich, was ich erreicht habe? Ich habe maßgeblich zum Sieg über Beldia, den General des Dämonenkönigs, beigetragen. Im Kampf gegen die mobile Festung Destroyer habe ich das Kommando übernommen und die ›uneinnehmbare‹ Festung zerstört! Sie sollten mir danken und mich nicht verhaften!« Ich lehnte mich so weit auf meinem Stuhl zurück, dass die Lehne knarrte. Sie hatte mich über Nacht in der Zelle schmoren lassen, und das würde ich nicht einfach durchgehen lassen.

»V... V... Verzeihung. Ich habe nur meinen Job gemacht ... Natürlich habe ich von Ihren Leistungen gehört, Herr Sato. Es ist nur ...«

»Nur? Nur was?! Vergessen Sie's. Bekommen Gäste auf diesem Revier keinen Tee? Schließlich bin ich kein Verdächtiger mehr, sondern nur ein Besucher. Ich nehme auch ein Katsudon*.«

»Katsu...don?! Tut mir leid, so was haben wir nicht. A... Aber ich bringe Ihnen sofort was zu trinken ...«

Sena stürmte aus dem Raum, brühte Tee auf und servierte ihn mir.

»Der ist ja lauwarm! Kann denn keiner auf diesem Revier Tee kochen? Bei den Kochkünsten und Ihrer fiesen Art hatten Sie bestimmt noch nie einen Freund! Wo wir schon diese praktische magische Glocke haben, sollte ich vielleicht einfach fragen: Gibt es einen Mann in Ihrem Leben?«

*Reisbowl mit paniertem Schweinefleisch

»Nein.« Sena sah mir direkt in die Augen. »Wegen meiner ruppigen Art habe ich in meinem Alter immer noch keinen Freund. Zufrieden? Ich an Ihrer Stelle wäre vorsichtig, es nicht zu weit zu treiben.«

»Es tut mir leid«, beteuerte ich in einem plötzlichen Anflug von Angst, während ich die stumme Glocke im Auge behielt. »Aber welche schrecklichen Dinge haben Sie denn jetzt über mich gehört? Das, was die Abenteurer gestern gesagt haben?«

»Nun ja ... Ich habe auch gehört, dass Sie Ihrer minderjährigen Gefährtin in aller Öffentlichkeit das Höschen gestohlen haben, dass Sie die Paladin, mit der Sie zusammenleben, gezwungen haben, Ihnen den Rücken zu waschen, dass Sie Ihre Priesterin in einem Dungeon zurückgelassen haben, weil sie Ihnen lästig war ... Diese Gerüchte werfen Zweifel an Ihrer Menschlichkeit auf.«

Ich war vollkommen erstarrt.

Sena musterte mich misstrauisch. »Das *sind* doch nur Gerüchte, oder?«

»Natürlich.«

Ding.

Senas eisige Miene kehrte zurück. »Ihre Party ist Ihre Angelegenheit. Ich mische mich da nicht ein. Aber wissen Sie, wie der Rest der Stadt Sie nennt? *Kotz*ma...«

»Da... Das ist ja widerlich! Wer sind diese Leute? Wer sagt das?« Andererseits konnte ich es mir schon denken.

Sena seufzte. »Gute Güte. Ich frage Sie noch einmal fürs Protokoll: Stehen Sie in irgendeiner Weise in Verbindung zum Dämonenkönig? Haben Sie Kontakte zu seinen Generälen oder ...?«

»Natürlich nicht! Sehe ich aus ...?«

Ding.

Ich hatte sagen wollen: *... als sei ich so bedeutend?* Aber da erkannte ich, dass ich einen schweren Fehler gemacht hatte. Während das Echo der magischen Glocke im Verhörraum verklang, erinnerte ich mich an einen weiteren General des Dämonenkönigs: Wiz.

5

»Hey, es gibt nicht genug zu essen! Ich brauche mehr Protein! Wer hat das gekocht? Ober!« Dust tobte neben mir, während ich mich unter dem erdrückenden Gewicht meines Fehlers zusammengekauert hatte.

Er war wohl zu dem Schluss gekommen, dass auch Gefangene Könige sein konnten. Vielleicht sollte ich es wie er halten und mir einfach keine Gedanken mehr machen.

»Komm schon, Kazuma, lass dich nicht so runterziehen. Ich war schon öfter vor Gericht, als ich an zwei Händen abzählen kann. Verdammt, wir verdienen unser Geld damit, Lebewesen zu verkloppen. Du bist kein richtiger Abenteurer, wenn du nicht ein-, zweimal die Gastfreundschaft der Polizei genossen hast. Morgen müssen wir beide vor Gericht. Also, lass uns essen und uns ausruhen. Ich lad dich auf was Gutes ein. Man muss nur genug Lärm machen, dann bringen einem die Wärter, was man will, nur damit man die Klappe hält.«

Und so machte Dust mit seinem Gebrüll weiter.

Schließlich hatten die Polizisten genug, und er bekam tatsächlich etwas: eine Tracht Prügel. Danach gab er Ruhe, und wir versuchten, zu schlafen, um uns auf den kommenden Tag vorzubereiten.

Um Mitternacht erwachte ich wie schon in der Nacht zuvor durch das Rumoren einer entfernten Explosion. Erschrocken setzte ich mich auf – und natürlich hörte ich Aqua flüstern: »Kazuma! Hey, Kazuma! Wach auf!«

Ich schlich mich an die Wand unter dem Fenster. »Du bist wieder da?«, fragte ich. »Was ist gestern passiert? Geht es allen gut?«

»Megumin und Darkness haben es unbemerkt nach Hause geschafft. Trotzdem hatten irgendwie alle sofort Megumin wegen der Explosion im Verdacht. Aber keine Sorge. Heute habe ich sie gezwungen, Masken zu tragen. Keiner wird dahinterkommen.«

Ich war ziemlich sicher, das Problem war nicht, dass man ihre Gesichter erkennen konnte. Es gab eben einfach nicht sehr viele Leute in der Stadt, die »Explosion« anwenden konnten.

»Aber was war bei dir?«, wollte Aqua wissen. »Ich hab ewig auf dich gewartet, aber du bist nicht ausgebrochen. Ich war total eingeschneit, und die Polizisten haben gefragt, was ich da mache. Es war schrecklich!«

»Meine Zelle hat kein normales Schloss. Es ist ein Zahlenschloss. Außerdem hab ich keinen Schlossknack-Skill, was sollte ich also mit dem Draht anfangen?«

Aqua verfiel in Schweigen.

»Dämliche Polizei …«, grummelte sie. »Wer hätte gedacht, dass sie so gut gegen Ausbrüche vorbereitet ist.«

»Es ist nur ein Zahlenschloss. Aber ernsthaft, hast du einen Plan? Wenn wir nichts unternehmen, muss ich morgen vor Gericht.«

Aqua gab ein selbstsicheres Kichern von sich.

Wo nahm sie nur dieses Selbstvertrauen her? Mit der Realität hatte es jedenfalls nichts zu tun.

»Zugegeben, gestern hatten wir den falschen Ansatz. Aber ich habe ein paar Metallsägen dabei. Ich werf dir eine runter.«

Metallsägen?

»Du willst doch wohl nicht die Gitterstäbe am Fenster durchsägen und mich so rausholen?«

»Du hast es erfasst. Aber wir müssen vor Sonnenaufgang fertig sein. Das ist nicht viel Zeit, also fang an zu sägen!«

Sie schob eine Säge zwischen den Stäben durch. Sie hatte recht. Zusammen wären wir schneller. Das Problem war nur ...

»Ich komm von hier nicht ans Fenster.«

Das Fenster befand sich so weit über meinem Kopf, dass ich es nicht einmal erreichen konnte, wenn ich hochsprang – wahrscheinlich um einen Ausbruch zu verhindern.

»Keine Sorge, ich bin ja nicht blöd. Ich wusste, das würde ein Problem werden, also hab ich eine Leiter dabei. Wenn du die benutzt, kannst du die Gitterstäbe durchsägen. Einer alleine könnte es nicht rechtzeitig schaffen, aber zusammen sollte es gehen.«

Gute Idee.

»Also, äh, wie wolltest du die Leiter hier reinbekommen? Passt sie durch die Gitterstäbe?«

Mir schien das eine völlig logische Frage zu sein, doch Aqua verfiel wieder in Schweigen.

»Warte kurz ...«

Ich hörte, wie sie davonging.

Schließlich erklang Aquas Stimme in der Ferne: »Nein, Sie verstehen nicht! Ich wollte Kazuma etwas bringen, das er dringend braucht!«

»Ich hab noch nie gehört, dass ein Gefangener so was bekommt. Was machen Sie um diese Uhrzeit überhaupt hier?«

Sie hatte wohl gehofft, sie könnte die Leiter als Mitbringsel für mich reinschmuggeln.

Vielleicht sollte ich mir eine Scheibe von ihrem idiotischen Optimismus abschneiden. Während ich ihrer Argumentation lauschte, musste ich feststellen, dass meine Angst vor dem bevorstehenden Prozess schwand. Ich warf die Säge aus dem Fenster, um die Beweise zu vernichten, und kuschelte mich in meine Decke.

6

Gerichtsverhandlungen waren in dieser Welt eine einfache Angelegenheit. Der Staatsanwalt präsentierte die Beweise, der Verteidiger brachte seine Gegenargumente vor, und wenn der Richter nicht überzeugt war, wurde man schuldig gesprochen.

Strafverteidiger war hier allerdings kein Beruf. Es war den Freunden und Bekannten des Angeklagten überlassen, eine Verteidigung aufzubauen.

Das Gebäude erinnerte an japanische Gerichtssäle. Der Angeklagte (in Handschellen) und sein »Anwalt« standen in der Mitte des Raums, umgeben vom Richter, dem Staatsanwalt und dem Kläger.

Und im Moment …

»Mach dir nicht so viele Sorgen! Wir sind für dich da«, versuchte Megumin, mich zu beruhigen, als sie meine Anspannung bemerkte.

Japp. Wer sonst sollte mir als Verteidigung zur Seite stehen als meine drei Partymitglieder?

Wie konnte das passieren?

Während ich noch mit dem Schicksal haderte, starrte mich Sena vom Tisch der Staatsanwaltschaft an.

»Schon gut. Überlass das mir. Wir vom Clan des Roten Dämons sind Meisterstrategen. Ich werde die Anklage so auseinandernehmen, dass sie anfängt zu weinen!« Zu meiner Rechten redete sich Megumin, die Verteidigerin, Mut zu.

»Bleib ruhig. Wenn es hart auf hart kommt, werd ich was unternehmen. Zumindest in diesem Fall hast du nichts Falsches gemacht«, kam es von Darkness, die links von mir stand.

Das nenn ich Freunde! Leute, die sich für einen einsetzen! Aber …

»Verlass dich einfach auf mich! Sie müssen mir einfach glauben, schließlich bin ich eine Geistliche! Fall erledigt!«

Ja, sie würde das Problem sein. Ich rief sie zu mir und flüsterte: »Hör zu, Aqua. Jetzt gerade brauche ich nur eins von dir, und zwar dass du still bist. Setz dich einfach da hin, bis der Prozess vorbei ist. Ich verspreche auch, danach bekommst du gefleckte Krebse oder was immer du willst.«

»Sei nicht albern! Wenn du zu Zwangsarbeit oder zum Tode verurteilt wirst, wie soll ich dann meine Belohnung bekommen? Keine Sorge. Ich weiß mehr über dieses Anwaltszeug als alle anderen in diesem Gerichtssaal. Du mochtest doch Videogames. Erinnerst du dich an *Ace Defense Counsel* und *Manganronpa*? Die hab ich alle gespielt.«

»Okay, mehr muss ich gar nicht wissen. Ernsthaft, halt den Mund.«

Aqua verzog das Gesicht und wandte sich ab.

Verflucht sei die Göttiiiiiiin!

Ein Mann mittleren Alters, den ich für den Richter hielt, klopfte mit seinem Hammer auf den Tisch. »Ruhe! Der Prozess gegen den Angeklagten Kazuma Sato wegen Landesverrats beginnt. Der Kläger ist Alderp Barnes Alexei.«

Ein stämmiger Mann stand auf, als der Richter seinen Namen nannte. Er war groß und kräftig, und seine wilden Locken konnten nicht verbergen, dass ihm die Haare ausgingen. Seine Stirn glänzte im Lichtschein.

Das musste der Fürst sein, von dem alle sprachen.

Fürst Alderp musterte mich von oben bis unten und warf dann meinen drei Gefährtinnen einen lüsternen Blick zu. Er schien Aqua und Megumin mit den Augen auszuziehen, bevor sein Blick weiter zu Darkness ging ...

... und er geschockt erstarrte.

»Hey, der fette Alte starrt uns *total* an«, meinte Aqua. »Das gefällt mir gar nicht. Darf ich rübergehen und ihm ein Auge ausstechen?«

»Lass das! Wir haben schon genug Ärger. Aber wirkt er nicht irgendwie auf Darkness fixiert?«

»Ja! *Total*! So guckst du auch immer, wenn sie leicht bekleidet durchs Haus läuft.«

»H... Hey! Das stimmt nicht! Meistens ... Wann hab ich Darkness je so ...?«

Während ich mich verteidigte, blickte ich zu Darkness – die Fürst Soundsos Starren erwiderte.

»Was ist, Darkness? Stört es dich, dass er dich so angafft?«

»Hm? Ach, nein ... Nichts. Ich erzähl's euch später.«

Irgendwas an ihrer Antwort war seltsam, aber es blieb keine Zeit, darüber zu grübeln, da der Hammer erneut erklang.

»Ruhe! Keine Privatunterhaltungen im Gerichtssaal! Frau Staatsanwältin, bitte treten Sie vor. Sollte jemand lügen, verrät es uns diese magische Glocke. Das sollten alle Beteiligten bedenken, bevor sie sprechen.« Der Richter unterstrich seine Worte mit einem weiteren Hammerschlag.

Sena erhob sich. »Ich werde damit beginnen, die Anklage vorzulesen. Beim Angriff der mobilen Festung Destroyer gelang es dem Angeklagten, Kazuma Sato, zusammen mit anderen Abenteurern, diese zu bezwingen. Bei dieser Gelegenheit gab der Angeklagte den Befehl, ein Stück Coronatit zu teleportieren, kurz bevor es explodierte. Das Coronatit wurde in die Villa des Opfers, Fürst Alderp, teleportiert, wo es detonierte. Die Villa des Opfers wurde zerstört, und seither ist Fürst Alderp gezwungen, in einem Zimmer im örtlichen Gasthaus zu wohnen.«

Während Sena die Anklageschrift vorlas, ruhte der Blick des besagten Opfers weiter auf Darkness.

»›Zufallsteleport‹ einzusetzen, um Monster, Gifte, Gefahrenstoffe oder Sprengstoffe zu befördern, ist gesetzlich verboten. Der Angeklagte hat dieses Gesetz gebrochen. Erschwert wird seine Tat durch die Tatsache, dass er das Leben eines Fürsten in Gefahr gebracht hat, was eine ernsthafte Gefährdung der Stabilität der Regierung darstellt. Entsprechend hat die Staatsanwaltschaft Anklage wegen Landesverrats erhoben.«

»Einspruch!«, ertönte es, noch bevor Sena geendet hatte. Neben mir war Aqua vorgetreten und hatte den Arm und die Stimme erhoben.

»Die Verteidigung bekommt noch die Gelegenheit zu sprechen. Wenn Sie etwas zu sagen haben, warten Sie auf Erlaubnis des Gerichts. Da ich davon ausgehe, dass das Ihr erster Prozess ist, werde ich diesen Ausbruch dieses eine Mal durchgehen lassen. Frau Verteidigerin, Sie haben das Wort.«

Der Richter nickte ihr zu, doch Aqua schüttelte nur zufrieden den Kopf. »Ich wollte nur ›Einspruch!‹ rufen, mehr nicht.«

»Die Verteidigung wird nur sprechen, wenn sie etwas zu sagen hat.«

Dumme Gans! Ich musste mich wirklich beherrschen, ihr keine zu langen.

Aqua, die den Richter schon verärgert hatte, bevor wir richtig begonnen hatten, setzte sich gelassen neben mich und wirkte äußert zufrieden mit sich.

Der Vorfall schien Sena aus dem Konzept gebracht zu haben, und sie hatte sich noch nicht ganz wieder gefangen, als sie fortfuhr: »Ähem ... Das ist alles vonseiten der Anklage. Kurz gesagt, die Anklage, äh ... fordert eine Verurteilung des Angeklagten Kazuma Sato wegen Landesverrats.« Sie kehrte zu ihrem Platz zurück.

»In Ordnung«, sagte der Richter. »Der Angeklagte und seine Verteidiger haben das Wort. Ihr Plädoyer bitte.«

»... und so habe ich Beldia, den General des Dämonenkönigs, und die mobile Festung Destroyer vernichtet. Würde jemand, der so viel für dieses Land geopfert hat, aktiv einen Umsturz planen? Wohl kaum! Stattdessen verdiene ich Ruhm und Anerkennung.« Ich stand in der Mitte des Raums und hielt ein leidenschaftliches Plädoyer, um meine Unschuld zu beweisen. Wie großartig ich mich im Kampf gegen Beldia geschlagen hatte. Wie herausragend meine Führung in der Schlacht gegen den Destroyer gewesen war.

Es störte mich nicht, dass der Richter immer wieder seiner magischen Lügendetektorglocke einen skeptischen Blick zuwarf. Meine Ausführungen waren vielleicht ein bisschen übertrieben, aber sie entsprachen der Wahrheit.

»D... Das genügt. Ich denke, das Gericht ist bestens vertraut mit den Argumenten des Angeklagten. Frau Staatsanwältin, bitte legen Sie Ihre Beweise vor, dass der Angeklagte des Landesverrats schuldig ist.«

Der Richter nickte Sena müde zu, die einem der Ritter an ihrer Seite ein Zeichen gab. Er ging hinaus in den Wartebereich, während Sena von einem Papier vorlas: »Die Anklage wird nun Beweise vorlegen, dass der Angeklagte ein Terrorist, der einen Staatsstreich geplant hat, und ein Agent des Dämonenkönigs ist. Bringt die Zeugen herein!«

Auf ihr Zeichen führte der Ritter mehrere Leute in den Gerichtssaal. Die meisten waren Abenteurer.

Moment mal …

»Ah ha ha ha … Irgendwie haben die mich vorgeladen …«

Mit der Narbe auf der Wange war es zweifellos Chris, die sich da entschuldigte. Und sie war erst der Anfang der Zeugenparade. Sie hatten jeden vorgeladen, der mich kannte.

7

Das war schlecht. Ganz schlecht.

»Also, Chris, ist es korrekt, dass der Angeklagte ›Stehlen‹, benutzt hat, um Ihnen in aller Öffentlichkeit das Höschen zu klauen?«

»Na ja, äh … irgendwie schon, aber … aber das war ein Versehen!«

»Wir interessieren uns hier nur für die Fakten. Danke.«

»Was?! Moment mal! Ich …! Es macht mir nichts mehr aus!«

Chris wurde aus dem Gerichtssaal geführt, nachdem Sena so plötzlich ihre Befragung beendet hatte.

Ich musterte die anderen Zeugen. Das konnte nicht gut für mich ausgehen.

Da war der Schwertmeister Mitsurugi mit seinen beiden Anhängseln. Genau wie ich war er aus Japan, aber ich hatte ihm sein magisches Schwert abgenommen und es verkauft.

»Herr Mitsurugi, Sie behaupten, der Angeklagte hat Ihr magisches Schwert gestohlen und es verkauft. Sie behaupten zudem, dass der Angeklagte diesen beiden gedroht hat, ihnen vor allen Leuten mit ›Stehlen‹ die Höschen zu klauen, als sie es zurückholen wollten. Ist das korrekt?«

»J… Ja, ist es, aber … ich meine, *ich* war derjenige, der ihn herausgefordert hat, und …«

»Ja, er hat uns gedroht! ›Ich mach da keinen Unterschied. Ich hab kein Problem damit, ein paar Mädchen zu bestehlen.‹«

»Sie hat recht! ›Vergesst besser nicht, dass wir hier in der Öffentlichkeit sind, und es lässt sich nicht vorhersagen, *was* ich stehlen werde …‹, hat er gesagt.«

Mitsurugis Groupies, die ich tatsächlich bedroht hatte – wenn auch nur ein bisschen –, fielen ihm ins Wort. Als unsere Blicke sich trafen, streckten sie mir die Zunge raus. Die waren wirklich nachtragend.

Ugh … Alle im Gerichtssaal blickten mich an, und ganz offensichtlich gefiel ihnen nicht, was sie sahen – das galt auch für den Richter.

Kaum hatte man Mitsurugi aus dem Saal geführt, saß schon Dust im Zeugenstand. Warum sollten sie ihn als Zeugen aufrufen? Ich konnte mich nicht erinnern, was ich ihm getan haben könnte. Er war doch derjenige gewesen, der vorgeschlagen hatte, die Partys zu tauschen.

Dust grüßte mich lässig, doch Sena ergriff das Wort: »Dieser Mann ist der Angeklagte im anschließenden Prozess. Ich glaube, Euer Ehren kennt ihn bereits. Er ist ein Dieb und ein regelmäßiger Gast in diesem Gerichtssaal.«

»Hey, ich hab still und leise auf meinen Prozess gewartet, als Sie mich hierher geschleift haben … und so werde ich begrüßt?

Soll ich Ihnen vielleicht mal an die Melonen grabschen?«

Dust war immer schnell auf hundertachtzig, und die Worte der Staatsanwältin ließen seine Sicherung durchbrennen.

Der Richter wirkte irritiert von diesem Ausbruch.

Sena deutete auf mich. »Dust, der Anklage ist zu Ohren gekommen, dass Sie mit dem Angeklagten Kazuma Sato befreundet sind. Stimmt das?«

»Worauf Sie sich verlassen können. Er is mein Kumpel. Wir waren zusammen saufen und alles.«

Daraufhin drehte sich Sena zu mir. »Kazuma Sato, ist dieser ungehobelte Kerl Ihr Freund?«

»Nur ein Bekannter.«

»Ey, Kazuma!«, rief Dust, doch die Glocke schwieg, obwohl der Richter und Sena sie genau beobachteten.

»V... Verstehe. Entschuldigung. Ich wollte darlegen, dass all Ihre Freunde Gauner wie er sind, aber ...«

»Schon in Ordnung. Es stimmt ja, wir kennen uns.«

»Kazuma! Bedeutet dir unsere Freundschaft so wenig?!«

Sobald ein Ritter den protestierenden Gauner abgeführt hatte, wandte sich Sena an den Richter: »Auch wenn der letzte Zeuge nicht das gewünschte Ergebnis erbracht hat, denke ich, dass die anderen doch ein klares Bild des Angeklagten gezeichnet haben. Außerdem ist bekannt, dass der Angeklagte einen Groll gegen das Opfer hegt. Was mich zu der Schlussfolgerung führt, dass der Angeklagte nur vorgibt, dass die Geschehnisse Zufall waren. Er hat nicht ›Zufallsteleport‹, sondern einen normalen ›Teleport‹ verwendet und das Coronatit gezielt ins Anwesen des Opfers ...«

Sie sollte wirklich mit ihren aus der Luft gegriffenen Anschuldigungen aufhören.

»Sie haben keinerlei Beweise!«, rief Megumin. »Ich gebe zu, Kazuma ist ein bisschen verschroben, aber ich werde nicht zulassen, dass Sie ihm diese haltlosen Anschuldigungen anhängen! Liefern Sie richtige Beweise! Wissen Sie, ich denke, dass hier etwas nicht stimmt. Sehen Sie nicht, wie weit hergeholt das alles ist? Kommt Ihnen das alles nicht seltsam vor?«

»Halten Sie sich zurück, Frau Verteidigerin! Sie werden um Erlaubnis bitten, bevor Sie sprechen.«

»Sie wollen Beweise? Na schön. Ich habe noch mehr Beweise, dass der Angeklagte ein Terrorist ist, der die Zerstörung der Stadt geplant hat – und im Dienst des Dämonenkönigs steht!«

Sena las von einem Zettel vor: »Erstens, auch wenn sie Beldia, den General des Dämonenkönigs, bezwungen haben, haben Kazuma Sato und seine Party genug Wasser beschworen, um die halbe Stadt zu fluten, was zu massiven Flutschäden geführt hat.«

Aqua zitterte sichtbar.

»Zweitens, sie haben eine gewaltige Geisterbarriere um den Armenfriedhof der Stadt errichtet, sodass die bösen Geister nicht dorthin zurückkehren konnten, wodurch es zu Heimsuchungen in der ganzen Stadt kam.«

Aqua hatte sich umgedreht und hielt sich die Ohren zu. Ich zog ihre Hände weg, um sie zu zwingen, sich den Vortrag der Staatsanwältin anzuhören.

»An mehreren Tagen in Folge hat die Party Explosionsmagie in der Nähe der Stadt angewendet und damit den Boden und das Ökosystem geschädigt. Außerdem wurde zu dieser Zeit nachts in der Nähe der Stadt Magie angewendet, sodass die Anwohner belästigt wurden …«

Jetzt drehte sich Megumin um und hielt sich die Ohren zu.

Schöne Anwälte seid ihr mir!

»Hey, jetzt mal langsam! Das kann nicht stimmen! Nichts von dem, was Sie gerade erwähnt haben, hat irgendwas mit mir direkt zu tun. Ich weiß, sie gehören zu meiner Party, aber … was hat das alles bitte mit mir zu tun?«

Sena nahm die Herausforderung an und fuhr fort: »Zudem haben Zeugen beobachtet, dass der Angeklagte ›Kraftabsorber‹ angewendet hat, einen Skill, der allein Untoten vorbehalten ist. Herr Sato, wenn Sie nicht im Dienst der Armee des Dämonenkönigs stehen, woher kennen Sie dann ›Kraftab…‹? Sie können dem nicht entkommen, indem Sie sich die Ohren zuhalten!« Sena zeigte auf Aqua, Megumin und mich.

Ich habe Rechte! Wie das Recht zu schweigen!

»Und schließlich der vernichtendste Beweis: Während Ihrer Befragung auf dem Polizeirevier habe ich Sie gefragt, ob Sie Kontakte zu jemandem aus der Armee des Dämonenkönigs haben. Sie haben das verneint, doch die magische Glocke hat eine Lüge angezeigt. Ist das etwa kein Beweis?!«

Oh, Mist. Mist, Mist, Mist.

Ich saß in der Falle. Es gab nichts, was ich sagen konnte …

Und dann geschah es …

»Nein, das stimmt nicht!«

Dieser erschreckend selbstbewusste Einwurf kam natürlich von Aqua. Wer hätte gedacht, dass ausgerechnet sie in so einem Moment mein Ass im Ärmel sein könnte …

»Zeig's ihnen, Aqua! Liefere ihnen den ultimativen Beweis, dass ich unschuldig bin!«

»Hä? Was redest du? Ich hab kein ultimatives Irgendwas. Aber das wollte ich schon immer mal sagen.«

»Führen Sie die Verteidigerin aus dem Gerichtssaal!«

COUNTER

»Es tut mir leid! Ich muss mich für meine Anwältin entschuldigen!«

»Auuu! Au au auuu!«

Ich entschuldigte mich ausschweifend und verpasste Aqua eine Kopfnuss.

Du dämliche Vollidiotiiiin!

Eine Stimme unterbrach unseren Kampf. »Sie haben doch inzwischen sicher genug gesehen! Er muss im Dienst des Dämonenkönigs stehen! Er ist einer von denen! Er hat Sprengstoff in meine Villa teleportiert! Töten Sie ihn! Ab mit seinem Kopf!«

Das Opfer, Fürst Alderp, der bis zu diesem Moment geschwiegen hatte, brüllte und zeigte auf mich, während ich einfach nur sprachlos dastand.

Danke, alter Mann ... Das ist meine Chance!

»Sie irren sich! Ich arbeite nicht für den Dämonenkönig! Und ich bin auch kein Terrorist! Es stimmt, ich war aufgebracht über die Schulden, aber ich würde doch nie absichtlich Coronatit in jemandes Haus schicken! Sehen Sie genau auf Ihr kleines magisches Spielzeug, denn ich werde es jetzt klar und deutlich sagen: Ich bin keiner der Männer oder Spione oder was auch immer des Dämonenkönigs!«

Die Glocke gab keinen Ton von sich. Alderp, der sie genau beobachtete, wusste nicht, was er sagen sollte.

Sena runzelte die Stirn und biss sich auf die Lippe.

Tja, wenn sie die Glocke als Beweis einsetzen konnte, konnte ich das auch.

Der Ausbruch des fürstlichen Opfers stellte sich als meine Rettung heraus.

Langsam schüttelte der Richter den Kopf. »Wie wir alle sehen können, ist die Bewertung von Wahrheit und Lüge durch ein magisches Instrument keine exakte Wissenschaft. In Anbetracht dieser Tatsache kann ich die Reaktion der Glocke nicht als Beweis gelten lassen und damit auch nicht die Schlussfolgerungen, die die Anklage daraus gezogen hat. Es gibt schlicht zu wenige Beweise. Entsprechend erachte ich die Verdächtigungen gegen Sie, Angeklagter Kazuma Sato, als unhaltbar ...«

Gerade als er jedoch sein Urteil verkünden wollte ...

»Ich sage Ihnen, er ist ein Verbündeter des Feindes. Er ist einer der Männer des Dämonenkönigs. Sie müssen ihn zum Tode verurteilen!«, wiederholte Alderp, der immer noch stand.

Dieses Mal war es Sena, die darauf reagierte. »Es gab bei dem Vorfall keine Toten oder Verletzten. Ich glaube kaum, dass die Todesstrafe in diesem Fall ...«

Der Fürst starrte Sena finster an.

»... a... abgewiesen werden darf. Ja?«

Was ...?

»H... Hey, Moment mal! Da ist doch was faul!«

»Er hat recht ... Was war das? Die Staatsanwältin hat ihre Meinung mitten im Satz geändert!«

Sena schien sich fast schmerzhaft unter den Einwänden von Megumin und mir zu winden, dabei hatten wir nur auf das hingewiesen, was sie gesagt hatte.

In diesem Moment richtete Aqua ihren Finger erst auf den Richter, dann auf Sena und Fürst Alderp. »Ich habe gerade eine böse Macht gespürt! Jemand hier benutzt dunkle Kräfte, um die Wahrheit zu verdrehen!«

Schweigen folgte auf Aquas unglaubliche Behauptung.

Dummerweise wirkten alle wegen ihrer früheren Ausbrüche mehr als nur ein bisschen genervt von ihr.

Alle Augen richteten sich auf die Glocke. Als sie nicht läutete, veränderte sich die Atmosphäre im Gerichtssaal spürbar. Dies war Aqua, eine Geistliche, eine Hohepriesterin.

Dem Richter wich die Farbe aus dem Gesicht, als er erkannte, dass an ihrer Anschuldigung etwas Wahres dran sein könnte.

»Dunkle Kräfte ...? Wollen Sie sagen, dass jemand in diesen heiligen Hallen eine Ungerechtigkeit begeht?«

»Allerdings. Meine Augen sind noch schärfer als Ihr magischer Dingelhopper da. Mir, der Göttin des Wassers, die zehn Millionen Anhänger in dieser Welt hat, entgeht nichts! Denn ich bin die Göttin Aqua!«

Ding.

Das helle Bimmeln der Glocke hallte durch die Stille.

»Was?! Hey! Ich lüge nicht!«

»Angeklagter, ich rate Ihnen, Ihre Verteidiger mit mehr Bedacht zu wählen.«

»Es tut mir leid, Euer Ehren. Glauben Sie mir, ich bin ebenso enttäuscht wie Sie.«

Nach ihrem völligen Versagen, jemanden davon zu überzeugen, dass sie die Wahrheit gesagt hatte, musste Megumin die heulende Aqua beruhigen. Doch aus irgendeinem Grund kaute Fürst Alderp auf seiner Unterlippe und war kreidebleich, während er sie genau musterte.

»Okay, vielleicht habe ich ein bisschen übertrieben! Die magische Glocke hat wegen der Zahl meiner Anhänger geläutet. Es sind nicht zehn Millionen, sondern eher neun Komma acht.«

Mir lag auf der Zunge, Aqua darauf hinzuweisen, dass sie auch tausend Anhänger hätte sagen können und die Glocke hätte wahrscheinlich trotzdem geläutet – aber jetzt war nicht der richtige Moment dafür. Der Richter wollte sein Urteil verkünden.

Er räusperte sich. »Angeklagter Kazuma Sato, unter Berücksichtigung Ihrer wiederholten und unmenschlichen Vorgehensweisen sowie der gesellschaftsfeindlichen Aktivitäten, die die Ordnung der Stadt gefährdet haben…«

Das klang ganz und gar nicht nach seinem vorherigen Urteilsspruch.

»… komme ich zum Schluss, dass die Forderung der Staatsanwältin berechtigt ist. Der Angeklagte wird daher schuldig gesprochen …«

Was?

»… und hiermit zum Tode verurteilt.«

8

»Das ist soooo falsch! Jetzt mal ganz langsam! Dieser Prozess ist doch die reinste Farce! Wie wäre es denn mal mit einem tatsächlichen Beweis? Sie können doch nicht einfach so jemanden zum Tode verurteilen! Sie sind doch verrückt!«

»Der Angeklagte wird seine Zunge hüten!«

»Kazuma hat recht, das ist einfach falsch! Klar hat er immer wieder von den Schulden angefangen, die man uns nach der Überflutung der Stadt aufgebrummt hat. Und klar hatte er einen Groll gegen den örtlichen Fürsten. Und klar dachte ich immer, dass er eines Tages durchdrehen würde, aber er hat nicht den Mumm, Coronatit ins Haus von jemandem zu teleportieren!«

Mann! Wollte sie mich verteidigen oder mich noch tiefer reinreiten?

Während ich noch versuchte, Aqua zum Schweigen zu bringen, nahm Megumin ihre Augenklappe ab. »Also schön. Wenn

Sie Kazuma unbedingt zum Terroristen abstempeln wollen, zeige ich Ihnen mal, was echter Terrorismus ... Hey! Was machen Sie da? Loslassen!«

Die Gerichtsdiener stürzten sich auf Megumin, als ihr rotes Auge anfing zu leuchten.

»Hey! Hier stimmt wirklich was nicht! Meine ungetrübten Augen sehen das Böse in diesem Gerichtssaal! Warten Sie, ich reinige ihn im Hand... Warten Sie! Das ist gute Magie! Keine böse! Lassen Sie mich arbeiten!«

»Im Gericht ist jegliche Magie verboten! Sonst könnte jemand unseren magischen Lügendetektor stören.«

»Sie! Bringen Sie die beiden hier raus!« Sena war ebenfalls aufgestanden und bellte Befehle, Megumin und Aqua wegschaffen zu lassen.

»Ruhe! Ruhe! Ich sagte *Ruhe*, ihr Schwachköpfe!« Der Richter verlor endgültig die Beherrschung und brüllte und hämmerte auf den Tisch ein.

Während die Gerichtsdiener Megumin und Aqua aus dem Saal führten ...

»Euer Ehren. Hier.« Darkness, die bis zu diesem Moment geschwiegen hatte, zog etwas aus ihrem Ausschnitt.

Es war ein teuer aussehender Anhänger, in den ein Wappen eingraviert war. Ich hatte keine Ahnung, was es zu bedeuten hatte, aber alle anderen schienen es zu erkennen.

»D... Das ist ... D... Dann sind Sie ...!« Überrascht stand der Richter auf und betrachtete mit großen Augen den Anhänger.

Die Aufmerksamkeit des gesamten Saals ruhte auf Darkness, und sie sagte leise: »Ich entschuldige mich aufrichtig, aber ich beantrage eine Vertagung. Ich werde Sie nicht bitten, so zu tun, als sei das alles nie passiert, aber geben Sie mir Zeit, zweifellos darzulegen, dass dieser Mann kein Diener des Dämonenkönigs ist. Zudem werde ich sicherstellen, dass Sie für die Zerstörung Ihrer Villa entschädigt werden.«

Sena und der Richter waren beide erstarrt und hatten nur Augen für den Anhänger in Darkness' Hand.

Nur Fürst Alderp, obwohl auch er sichtlich eingeschüchtert war, erhob Einwände. »Das ist …! A… Aber wir können doch nicht … Selbst auf Ihren Wunsch hin …!«

»Alderp, Sie sind das Opfer hier, und ich stehe in Ihrer Schuld. Sagen Sie mir, was ich für Sie tun kann, und ich werde es tun. Ich bitte Sie nicht, Ihre Klage zurückzuziehen. Ich bitte Sie nur zu warten.«

Der Fürst schluckte schwer. »Egal was …? Alles, was ich will …?«

»Ja, alles.«

Alderps Augen leuchteten auf, und er zog sie mit seinen Blicken aus. Dann setzte er sich wieder. »In Ordnung. Für Sie bin ich bereit, es zu tun. Vertagen wir den Schuldspruch.«

Nach dem Prozess folgte mir Darkness aus dem Gericht. Ich fragte sie: »Was ist da gerade passiert? Kennst du diesen schmierigen alten Alderp etwa?«

»Na ja, ja … Seit meiner Kindheit ist er auf mich fixiert. Nach dem Tod seiner Frau hat er mehrfach um meine Hand angehalten. Aber mein Vater hat ihn immer abgewiesen, weil der Altersunterschied zu groß ist.«

Das ist … ganz schön gruselig. Auf sie fixiert, seit sie ein Kind war?

»U… Und du bist sicher, dass es okay ist, zu sagen, dass er um alles bitten kann? Er hat bei deinem Anblick gesabbert wie ein Hund vor einem saftigen Steak. Wer weiß, was er von dir verlangen wird!«

»J… Ja … Wer weiß …«

»Lass das! Ich mach mir hier Sorgen um dich!«

Weil ich Darkness' Stöhnen hinter mir nicht ertragen konnte, zog ich lieber los, um Kaution für Aqua und Megumin zu stellen.

9

Nach Darkness' Schachzug hatte ich nun zwei Aufgaben: erstens zu beweisen, dass ich kein Spion des Dämonenkönigs war, und zweitens für Fürst Alderps Villa aufzukommen.

Mit Aqua im Schlepptau war ich in Wiz' Laden und suchte nach einer Möglichkeit, an Geld zu kommen. Eigentlich hatte ich allein hingehen wollen, aber Aqua war einfach mitgekommen, und ich hatte sie nicht abschütteln können.

»Ich weiß, was du vorhast, Kazuma! Das Ganze ist nur passiert, weil diese dämliche Untote es versaut hat. Wir beschlagnahmen ihren Laden, um für die Kosten aufzukommen!« Aqua, die nicht die geringste Ahnung hatte, was ich vorhatte, stand schäumend vor Wut vor der Tür.

»Na los, du Untote, komm raus! Zeit, dein letztes Gebet zu sprechen!« Mit dieser lächerlichen Drohung trat Aqua die Tür auf.

»W… Was ist los?! Raubt ihr mich aus? Seid ihr Gangster …? Ieek! Aqua!«

Ja, Aqua, die ganz offensichtlich furchterregender war als Diebe und Gangster.

Als ich eine Sekunde später eintrat, duckte sich Wiz unter dem göttlichen Angriff. Ich erzählte ihr, wie der Prozess gelaufen war.

»Verstehe … Ich bin nur froh, dass es dir gutgeht! Es tut mir so leid. Alles nur, weil ich diesen Stein teleportiert habe …«

»Allerdings! Ich bin froh, dass du verstehst, was …«

Ich schlug Aqua die Hand vor den Mund, bevor sie etwas noch Dümmeres sagen konnte.

»Alles gut. Wenn du nicht gewesen wärst, wären wir alle erledigt gewesen. Okay, dieses Prinzchen hat keine Villa mehr, aber niemand wurde verletzt. Wenn ich jetzt noch Sena beweisen kann, dass ich nicht für den Dämonenkönig arbeite, sollte mein Name reingewaschen sein. Ähm … Ich muss nur noch rausfinden, wie ich für die Hütte des Kerls bezahlen soll.«

Wiz reagierte mit einem erleichterten Seufzen. »So ist das also. Wenigstens hast du dir ein bisschen Zeit verschafft. Aber Geld …? Ich würde ja gern helfen, aber der Laden ist in den roten Zahlen, und ich habe keine Ersparnisse … In meiner Zeit in der Armee des Dämonenkönigs hatte ich einen Freund, der gut darin war, Geld zu beschaffen, aber er war auch ein bisschen verrückt und schwer zu verstehen … Wenn ich irgendwie helfen kann …« Wiz wand sich hinter dem Tresen.

»Eigentlich bin ich hier, weil ich dich um was bitten wollte.«

»Ja … Dass wir dich ins Jenseits befördern dürfen!«

Ich ignorierte Aquas sinnloses Geplapper und erzählte Wiz, weshalb ich gekommen war.

Kurz gesagt steckte ich schon bis über beide Ohren in Schulden und war komplett blank. Es würde nicht einfach werden, das Geld für den Wiederaufbau der Villa zusammenzubekommen. Also musste ich vielleicht etwas ausprobieren, das mir schon seit einiger Zeit im Kopf herumspukte …

Die Technologie dieser Welt war verglichen mit der der Erde sehr rückschrittlich. Leute, die »Glut« nicht beherrschten, entzündeten ihr Feuer immer noch mit Feuerstein und Zunder.

Wenn ich eine Art Feuerzeug auf den Markt bringen könnte,

würden sie es mir mit Sicherheit aus den Händen reißen. Ich traute mir sogar zu, so etwas zu bauen. Aber welcher Laden würde schon ein Feuerzeug in den Bestand nehmen, das ich mir mal eben aus dem Ärmel geschüttelt hatte.

Ich hatte die Hoffnung, dass ich es eine Zeit lang in Wiz' Laden ausstellen könnte. Ich hielt mich allerdings ein bisschen vage. »Ich habe vor, ein echt nützliches Gerät zu bauen, und würde es gern in deinem Laden ausstellen.«

Wenn es sich verkaufte, würde ich den Gewinn natürlich mit Wiz teilen. Und sie musste auch keine Entscheidung treffen, solange sie das Gerät nicht gesehen hatte.

»Es ist offensichtlich, dass ich als Abenteurer nicht reich werde. Damit bleibt nur der Handel. Aber du bist die Einzige, die ich so kurzfristig bitten kann, mir zu helfen.«

»Was Kazuma sagen will, ist, dass wir den Laden übernehmen. Also rück schon die Besitzurkunde raus ... Uff!«

Ich zog Aqua den Griff meines Dolchs über den Schädel, um sie zum Schweigen zu bringen. Dann verbeugte ich mich vor Wiz.

Sie lächelte freundlich, schreckte aber vor Aqua zurück, die sich auf dem Boden krümmte und sich den Kopf hielt.

»Von mir aus gerne. Ich würde mich freuen, meine Produktpalette zu erweitern. Mein Laden war nie sehr erfolgreich ... Außerdem kann ich ja nicht so tun, als hätte ich mit der ganzen Misere nichts zu tun. Ich weiß nicht, was du verkaufen willst, aber ich bin schon sehr gespannt.«

Wieder lächelte sie, und da sie mir so bereitwillig helfen wollte, konnte ich ihr Lächeln nur erwidern.

Der Moment wäre allerdings mit Sicherheit schöner gewesen, wenn sich da nicht *jemand* auf dem Boden gewälzt hätte.

Wiz' Miene verfinsterte sich. Offenbar gab es da etwas, von dem sie nicht wusste, ob sie es mir sagen sollte.

»Was ist los? Wenn es ein Problem gibt, sag es mir. Ich will dich zu nichts drängen. Wenn du irgendwelche Bedenken hast ...«

Schnell tat Wiz meine Sorge ab. »N... Nein, gar nicht! Ich bin sehr dankbar, dass du etwas in meinem Laden verkaufen willst! Es geht um ... es geht um Aqua ...« Sie konnte es nicht sagen.

»Die? Ach, du machst dir Sorgen, dass sie ständig hier sein wird, wenn ich meine Ware hier anbiete? Wenn du ihretwegen besorgt bist, seh ich zu, dass sie zu Hause bleibt.«

Auch wenn ich es nur ungern eingestehen wollte – Aqua war nun mal eine Göttin. Es war nur verständlich, dass sie eine Untote nervös machte.

»N... Nein, das meine ich nicht ... Aqua ist hier immer willkommen. Aber jedes Mal, wenn sie hier ist, erzählt sie meinen Kunden, dass alles im Laden mit unaussprechlichen, unmenschlichen Methoden hergestellt wurde und dass sie besser nichts kaufen sollten ...«

»Du! Wovon redet sie da?«

Aqua, die immer noch am Boden lag und sich den Kopf hielt, zuckte zusammen.

»Warte!«, rief Wiz. »D... Das stört mich nicht! Aus irgendeinem Grund sind die Verkäufe von Weihwasser an männliche Abenteurer seitdem durch die Decke gegangen. Also ...«

Es freute mich, dass sich wenigstens etwas gut verkaufte.

Ich frage mich, ob es richtig ist, wenn eine Lich Weihwasser verkauft. Andererseits habe ich das Gefühl, dass bei den Abenteurern dieser Stadt so einiges nicht ganz richtig ist.

»Was mir eigentlich Sorge macht ... Na ja, Aqua neigt dazu, alles im Laden anzufassen, und viele meiner magischen Kräuter und nekromantischen Zutaten werden dadurch geläutert. Deshalb sind viele meiner Produkte danach unverkäuflich …«

»Wovon redet sie da, du dämliche Göttin?«

Offensichtlich war dieses dumme Stück hinter meinem Rücken in Wiz' Laden gekommen, um sie zu schikanieren.

Ich zog Aqua auf die Füße und drückte dann ihren Kopf nach unten, damit sie sich vor Wiz verbeugte. »Es tut mir leid, Wiz! Ich übernehme die Verantwortung für den Schaden und werde dich von ihrem Geld entschädigen. H… Hey, stillhalten! Komm schon, entschuldige dich!«

»Hör auf, Kazuma! Vergiss es! Warum sollte sich eine Göttin vor einer Lich verbeugen? Außerdem kann ich überhaupt nichts dafür! Alle Flüssigkeiten, die ich anfasse, werden durch meine göttlichen Kräfte automatisch geläutert. Wenn du eine Pflanze in die Sonne stellst, betreibt sie Fotosynthese, und wenn ich eine Flüssigkeit berühre, läutere ich sie. So funktioniert die Welt nun mal!«

Oh nein, ich bin mir ziemlich sicher, dass du diese Produkte absichtlich berührst.

Da Aqua mit aller Kraft ihren Nacken versteifte, sodass ich ihren Kopf nicht runterdrücken konnte, senkte ich meinen umso tiefer.

Irgendwie hab ich das Gefühl, dass ich mich in letzter Zeit nur noch für Aqua entschuldige …

»Oh, bitte nicht! Ist schon gut – was passiert ist, ist passiert. Aber … könntest du in Zukunft meine Produkte vielleicht nicht mehr läutern? Ich weiß, ich habe euch viel Ärger bereitet – Aqua zu bitten, den Seelen auf dem Friedhof zu helfen, das Spukhaus zu exorzieren …«

Dieses Mal war es Wiz, die eilig den Kopf senkte.

Im Angesicht von Wiz' Aufrichtigkeit wandte diejenige, deren laxe Einstellung zu ihren Friedhofspflichten überhaupt erst zu diesem Spuk geführt hatte, sich schnell ab.

Du elende …! Bei dir und Wiz sind doch die Klassen vertauscht …

Kapitel 2

Auf dass dieses Mädchen vom Clan des Roten Dämons einen Freund findet!

1

»Hey, Kazuma. Wo ist Darkness? Ist sie noch nicht zurück?«

Aqua hatte sich auf dem Sofa vor dem Kamin zusammengerollt, das sie zu ihrem persönlichen Territorium erkoren hatte. Sie klang fast schon gelangweilt.

Seit dem Prozess waren einige Tage vergangen. Fürst Alderp hatte Darkness zu sich bestellt, um seinen Wunsch einzufordern. Sie war am Abend zuvor weggegangen und immer noch nicht wieder da. Bei dem Gedanken an seine lüsternen Blicke und das widerliche Funkeln in seinen Augen wurde mir ganz schlecht.

Andererseits war sie jemand, dessen Instinkte und äh, Vorlieben sie praktisch dazu getrieben hatten, sich dem General des Dämonenkönigs in die Arme zu werfen. Vielleicht wollte sie das sogar.

Ich hatte keinerlei romantische Gefühle für Darkness. Mir war also egal, was sie tat oder mit wem sie es tat. Aber sie war die ganze Nacht unterwegs gewesen, um ein »Versprechen zu erfüllen«. Was bedeutete, sie war in dem Gasthaus, in dem der Fürst untergekommen war, und gerade waren sie dabei ...

»Aaaaaaahhhhhh!«

Bei meinem plötzlichen Ausbruch hatte Aqua den Kopf eingezogen. »Uwah! Was? Was ist denn? Erschreck mich doch nicht so! Warum packst du dir plötzlich an den Kopf und schreist?

Du bist ja immer ein bisschen irre, Kazuma, aber heute ist es besonders schlimm.«

Dann kam Megumin herein und trug … etwas.

Sie kommentierte unseren Aufruhr nicht weiter, sondern hielt nur schweigend das Ding in ihren Armen.

Ich frag mich schon die ganze Zeit, was das ist.

»Miau!«

Es war eine Katze. Megumin hielt eine Katze und starrte mich schweigend an.

»Willst du etwa sagen, du willst das Ding da im Haus halten?«

»Ja … Sie ist ganz zahm und wird keinen Ärger machen … Darf ich?«

Es war die kleine schwarze Katze, die ich immer mal wieder bei Megumin sah. Ich hatte keine Ahnung, wo sie sie normalerweise versteckte.

In Megumins Arme gekuschelt schnurrte die Katze zufrieden.

»Ich wüsste nicht, was dagegen spricht. Soweit ich weiß, ist keiner im Haus allergisch. Hey, das ist ja 'ne ganz liebe.« Als ich die Hand ausgestreckt hatte, hatte das Kätzchen sanft seine Pfote auf meinen Finger gelegt.

Die Welt da draußen war hart. Und in einer Party mit lauter Problemkindern konnten wir etwas brauchen, um den Stress abzubauen. Ein herzallerliebster Neuzugang würde uns allen guttun.

»Autsch! Warum kratzt sie nur mich?! Seht sie euch an … dieses schwarze Fell, die widerliche Art. Ich glaube, ich spüre eine Aura des Bösen!« Aqua war wütend, weil die Katze nach ihr geschnappt hatte, als sie versucht hatte, sie zu streicheln.

Ich nahm Megumin die Katze ab, um sie vor dem blauhaarigen Monster zu beschützen. Ich setzte sie auf den Teppich und schirmte sie mit dem Rücken vor Aqua ab.

Da fiel mir ein, wir hatten vom Frühstück noch frischen Fisch übrig.

»Hey, Megumin«, sagte Aqua. »Wie nennst du deinen bösartigen kleinen Magiefreund überhaupt?«

»Chomusuke.«

Ich nahm den Fisch samt Teller vom Tisch.

»Warte. Wie ist ihr Name?«

»Chomusuke.«

Ich beugte mich mit dem restlichen Fisch in der Hand über die schwarze Katze – Chomusuke.

Das Leben mit so 'ner durchgeknallten Besitzerin ist nicht leicht, was?

Ich stellte den Teller hin, doch Chomusuke aß den Fisch nicht sofort. Stattdessen schnupperte sie nur daran.

»Hey, Megumin«, meinte Aqua. »Ist das kein Katzenmädchen? Bräuchte sie dann nicht einen mädchenhafteren Namen?«

»Nein. Ihr Name ist Chomusuke.«

Während die Mädels hinter mir plauderten, beobachtete ich Chomusuke.

Und sah zu, wie sie eine kleine Flamme ausstieß, um den Fisch zu rösten.

Was zum Teufel war das denn?!

Ich saß auf dem Teppich und umklammerte meine Knie, während Chomusuke die Reste verputzte. »Hey, Aqua«, sagte ich leise. »Spucken alle Katzen hier … Feuer?«

Immerhin konnten die Kohlköpfe fliegen, warum sollten dann Katzen nicht Feuer spucken?

»Wovon in aller Welt redest du da? Geht's dir nicht gut?«

»Katzen spucken kein Feuer«, erklärte Megumin. »Sie machen Miau.«

Feuer
?!!

»Ganz genau. Und sie mögen Fisch und sind superniedlich.«

Danke. Das wusste ich auch schon.

»Aber ich schwöre, ich hab gesehen, wie das Ding Feuer spuckt. Sie hat den Fisch gegrillt, bevor sie ihn gegessen hat!«

»Kazuma ... Ich glaub, du brauchst dringend Ruhe.«

»Du warst im Gefängnis und musstest dann diesen Prozess überstehen. Das musst du erst mal verarbeiten.«

»Ich sag die Wahrheit! Ich bin nicht verrückt!«

Während ich auf Chomusuke zeigte und rumbrüllte, schaltete sich Megumin wieder ein: »Übrigens, worüber habt ihr euch eben so aufgeregt? Darkness ist kein Kind mehr – sie kann die ganze Nacht wegbleiben, wenn sie will. Ihr zwei solltet euch wirklich mal entspannen.«

Offensichtlich hatte ich sie nicht überzeugen können.

»Du reagierst ja ganz schön gelassen darauf. Weißt du, was Darkness gerade widerfahren könnte? Ich wette, dass Fürst Wie-auch-immer ihr gerade in diesem Moment irgendwas Furchtbares antut!«

Megumin schnaubte nur. »Bei Darkness könnte nicht mal ein Fürst ... I... Ich meine, ja, es gibt viele ekelhafte Gerüchte über ihn, aber Darkness kann sich als Abenteurerin behaupten. Ich glaube nicht, dass er sich ihr so einfach aufdrängen kann.«

Dieses dumme Ding. Sie verstand Darkness kein bisschen!

»Boah, du bist so ein Kind! Wie lange kennst du Darkness jetzt? Und du verstehst diese Perverse immer noch nicht? Ich wette, sie errötet und sagt so was wie: ›Urgh! Tun Sie mit meinem Körper, was Sie wollen, aber mein Herz können Sie niemals haben! Ich weigere mich, es Ihnen zu überlassen!‹«

Megumin, die offenbar endlich den Ernst der Lage begriffen hatte, kuschelte sich an Chomusuke, die immer noch an ihrem Fisch nagte. »W... W... Was sollen wir tun? Darkness ... Darkness könnte in Schwierigkeiten sein! Was sollen wir tun, Kazuma?!«

»Sie ist seit gestern weg, stimmt's? Es ist schon eine ganze Nacht vergangen – wir sind zu spät. Wenn Darkness zurückkommt, seid einfach nett zu ihr wie immer, okay?«

»K… Klar. Wir sollen also nicht fragen, wie ihr nächster Schritt auf dem Weg zum Erwachsenwerden war?«

»Darkness! Ooh, Darkness!« Aqua ballte die Faust, als wollte sie sagen: *Du kannst auf mich zählen*, und Megumin stand da und stöhnte.

Wenn Darkness nicht getan hätte, was sie getan hatte, wäre ich inzwischen wahrscheinlich längst hingerichtet worden. Es gab nichts, was ich tun konnte, um ihr dafür je zu danken.

Arrrgh, verdammt!

Also, ich war wirklich nicht in Darkness verliebt oder so was. Aber trotzdem … aus irgendeinem Grund machte mich das echt wütend. Genauso wie es echt verwirrende Gefühle auslösen kann, wenn eine Freundin plötzlich einen Freund hat.

In diesem Moment rief jemand: »Kazuma Sato! Kazuma Sato, sind Sie da?!«, und die Tür öffnete sich.

Es war Sena. Ihr Gesicht war gerötet, und sie atmete schwer, als sie die Tür aufstieß.

»H… Hey, noch muss ich keine Beweise vorlegen! Tut mir leid, aber ich habe gerade wirklich keine Zeit. Eine Freundin …«

»Sie haben keine Zeit?! Sparen Sie sich das! Ich wusste, Sie sind ein Agent des Dämonenkönigs! Ich kann nicht glauben, dass ich zugelassen habe, dass Sie uns wieder an der Nase herumführen!«

Abgesehen von den falschen Anschuldigungen hatte ich bei ihrem Verhalten ein ganz mieses Gefühl. Zitternd fragte ich: »W… Warum an der Nase rumführen?«

»Die Kröten! Die Kröten, die die ganze Stadt heimsuchen, sollten eigentlich in ihrer Winterstarre sein!«

Sie schien über die Riesenkröten zu reden, Monster niederen Ranges, die eine hiesige Landplage waren. Aber ich wusste nichts über ...

»Sie können eine einzelne Person doch nicht für alles verantwortlich machen.« Megumin klang angriffslustig. »Wollen Sie sagen, wir können Monster kontrollieren und sie aus ihrem Winterschlaf holen? Haben Sie dafür Beweise?«

»Dem Bericht eines Gildenmitarbeiters zufolge sind die Kröten wohl aufgetaucht, weil etwas sie aufgeschreckt hat. Etwas wie die Explosionsmagie, die in den vergangenen Tagen immer wieder in der Nähe der Stadt eingesetzt wurde und den Anwohnern so viel Ärger bereitet hat.«

Ich packte Aqua und Megumin am Kragen, als sie versuchten, sich tiefer ins Haus zu flüchten.

»Bitte, hören Sie mich an! Ich hab das nur gemacht, weil Aqua es mir befohlen hat! Ja, ich bin die Täterin, aber Aqua ist die Drahtzieherin!«

»Megumin, du Verräterin! Wenn ich mich recht erinnere, warst du von meinem Vorschlag ziemlich begeistert! ›Seht meine Macht!‹ oder so ähnlich.«

Ich hielt sie weiter fest, während die Dinge zusehends den Bach runtergingen.

»Jetzt ist keine Zeit für dumme Streitereien! Wir müssen das Chaos beseitigen, das ihr angerichtet habt!«

2

Die gesamte Stadt war weiß gezuckert. Nur Aquas gequälter Schrei störte das Schneetreiben. »Neeein! Ich will nicht von einer Kröte gefressen werden! Nicht schon wiiiiieder!«

»Ich bin überrascht, dass der ganze Schnee die Kröten kein bisschen verlangsamt. Sie sind so schnell wie immer. Alles hier ist einfach ein bisschen zu zäh – selbst das Gemüse«, überlegte ich, während ich beobachtete, wie eine der Riesenkröten Aqua durch das Winterwunderland jagte.

»In dieser gnadenlosen Welt kämpft jedes Lebewesen permanent ums Überleben. Wir sollten von ihnen lernen. Wir müssen auch stärker werden, um zu überleben.« Megumin neben mir wirkte vollkommen ernst. Obwohl alles unterhalb ihrer Schultern im Maul einer Riesenkröte steckte.

Vielleicht war es ihr reicher Erfahrungsschatz im Schlund der Kröten, der es ihr ermöglichte, so ruhig zu bleiben. Sie wehrte sich nicht, sondern ließ die Dinge einfach ihren Lauf nehmen. Sie hatte bereits ihre tägliche »Explosion« verschossen und damit einige der Biester ausgelöscht.

Obwohl Megumin sich nicht rührte, schien die Kröte satt zu sein. Sie saß ganz still da. Vielleicht hatte sich Megumins Stab in ihrer Kehle verkeilt.

»Halt durch. Ich hol dich da raus.« Ich packte mein Schwert und wandte mich der Kröte zu, die dabei war, meine Magierin zu verdauen.

»Schon in Ordnung. Ich kann warten, bis du die ausgeschaltet hast, die Aqua jagt. Draußen ist es sowieso zu kalt. Hier drinnen ist es schön warm.«

Ich hatte gedacht, Megumin wäre abgesehen von ihrer Explosionsbesessenheit normal, aber vielleicht war sie doch schlimmer, als mir bewusst gewesen war.

»S… Sie wirken erstaunlich gelassen, dafür dass eine Ihrer Gefährtinnen von einer Kröte gefressen und die andere gejagt wird.« Sena klang leicht verärgert. Sie war mitgekommen, um uns im Auge zu behalten, während sie sich gleichzeitig in sicherer Entfernung hielt.

Tja, sollte sie doch sagen, was sie wollte. Für uns war das alles nichts Neues.

Statt Megumin zu retten, rammte ich mein Schwert in den Boden und tauschte es gegen meinen neuen Bogen.

Der Golem, den ich während unseres Angriffs auf die mobile Festung Destroyer besiegt hatte, hatte mich gleich zweimal aufleveln lassen. Ich hatte überlegt, in was ich die Skillpunkte investieren sollte, und war zu der Erkenntnis gekommen, dass wir mit Darkness zwar einen starken Tank hatten, aber niemand in unserer Party in der Lage war, aus der Entfernung anzugreifen. Wir hatten zwar Megumin, aber die verfügte nur über einen Schuss, und es war immer möglich, dass sie Darkness mit ihrem Angriff erwischte.

Und so konnte ich wieder mal als Abenteurer glänzen. Es mochte eine schwache Klasse sein, aber ich konnte alles lernen. Das hatte ich mir zunutze gemacht und den Bogenschützen Keith gebeten, mir »Bogenkontrolle« und »Präzisionsschuss« beizubringen.

Wie der Name schon sagte, ermöglichte mir »Bogenkontrolle«, sofort mit dem Bogen umgehen zu können. Und »Präzisionsschuss« erhöhte die Reichweite des Angriffs. Außerdem steigerte er die Wahrscheinlichkeit, das Ziel zu treffen, wenn man über großes Glück verfügte, weshalb der Skill perfekt für mich war.

Ich spannte meinen Bogen und benutzte »Präzisionsschuss«, um auf die Kröte zu zielen, die Aqua jagte.

»Kazuma! Schnell! Beeil dich!«, schrie Aqua, als sie mich bemerkte.

Weißt du was, vielleicht schau ich mir das Ganze einfach noch ein bisschen an.

Als sie erkannte, dass ich nicht die Absicht hatte, zu schießen, kam Aqua auf mich zugerannt, und da ich um mein Leben fürchtete, schoss ich der Kröte in den Kopf. Der Pfeil streifte Aquas Haar und grub sich in sein Ziel.

Aqua, die den Tränen nah war, raste weiter auf mich zu.

»Okay, Megumin, jetzt du.«

»Hey, Kazuma, wolltest du etwa warten, bis ich gefressen werde? Und hab ich nicht gespürt, wie der Pfeil mein Haar berührt hat? Das ist das Schönste an mir!«

Ich ignorierte ihren verbalen Erguss und zog mein Schwert aus der Erde.

Hinter uns machte sich Sena Notizen und murmelte vor sich hin. »Bringt Ihr Kampfstil Sie immer in so große Gefahr? K… Können solche Leute wirklich Verbündete des Dämonenkönigs sein?«

Ich wollte mich gerade auf die bewegungslose Kröte stürzen und Megumin retten, die immer noch in ihrem Hals steckte, als diese plötzlich eine Warnung rief. »W… Warte! Bitte! K… Kröten …«

Aqua und ich drehten uns um.

»Ah …«

Plötzlich erkannten wir, dass hinter uns drei neue Kröten aufgetaucht waren. Bisher war mein Rücken angenehm trocken gewesen, doch jetzt lief ein kalter Schauer darüber.

Oh Mann. Das machte insgesamt vier Riesenkröten. Wir hatten

nicht genug Leute, um sie an alle zu verfüttern – ich meine natürlich, alle abzulenken.

Wenn ich nur einige Entfernung zwischen uns bringen könnte, könnte ich sie eine nach der anderen ausschalten ...

»Aqua, es ist an der Zeit, zweigleisig zu fahren. Ich geh auf Abstand und versuche, eine von ihnen zu erwischen. Du spielst weiter den Köder.«

»Vergiss es! Ich hab's satt, mich von diesen Kröten jagen zu lassen! Diesmal bist du der Köder!«

»Bist du dumm? Deine Angriffe sind nicht stark genug, um sie aufzuhalten! Wenn wir eine ausschalten, sind nur noch zwei übrig. Dann können du und Sena sie ablenken!«

»Was?! Ich bin nur als Beobachter hier! Ich darf mich nicht ein... Schlagen Sie etwa vor, eine Außenstehende wie mich als Köder zu benutzen?!«

Inmitten von Aquas Jammern und Senas Toben hörte ich Megumin. »Ähm, Entschuldigung, aber ich rutsche jetzt doch langsam die Kehle dieser Kröte runter. Wenn mich vielleicht jemand retten könnte ...«

»Aaaah, ich wünschte, Darkness wär hier! Die Kröten können sie mit ihrer Rüstung nicht schlucken. Wann zum Teufel kommt sie zurück?!«

Ich blickte der Kröte, die Megumin verschlang, in die Augen und hob mein Schwert ...

»*Schwert des Lichts!!!*«

Eine klare Stimme hallte über den Schnee.

Im gleichen Moment schoss ein Lichtstrahl auf die Kröte zu, die Megumin fraß. Der Strahl durchdrang den Körper der Kröte, und nach einem Herzschlag fielen die zwei Hälften sauber geteilt zu Boden.

Ich zog Megumin gerade aus ihrem Maul, als die Stimme erneut erklang.

»*Energieentzündung!*«

Die drei Kröten, die auf uns zukamen, gingen augenblicklich in Flammen auf. Die blauweißen Flammen hüllten sie ein, als würden sie aus ihrem Inneren entspringen.

Während das Aroma von verbrannter Kröte heranwehte, überlegte ich, dass ich wirklich keine Lust hatte, die schleimbedeckte Megumin auf dem Rücken zu tragen. Stattdessen nutzte ich »Kraftabsorber«, um ihr etwas von meinen wenigen Manapunkten abzugeben.

Sie schaffte es, zu stehen, obwohl ihre Beine merklich zitterten. Ihre Aufmerksamkeit ruhte auf einem Mädchen in einer schwarzen Robe, das vielleicht ein, zwei Jahre jünger war als ich.

Ich hatte sie nie zuvor gesehen, doch sie starrte eindeutig Megumin an.

»Das waren Zaubersprüche der Oberklasse! In dieser Anfängerstadt gibt es ... jemanden, der solche Skills anwenden kann ...?«

Während Sena hinter mir noch stammelte, verbeugte ich mich vor dem Mädchen. »Ich weiß nicht, wer du bist, aber du hast uns gerettet. Danke.«

Sie sah mich flüchtig an und errötete leicht. »Ich h... hab euch nicht gerettet, okay? Ich konnte nur nicht zulassen, dass irgendeine Kröte meine Rivalin tötet. Was hätte ich denn dann tun sollen?«, murmelte sie mit gesenktem Blick.

»Ooh, du kennst Megumin?«, fragte Aqua, deren gute Laune, jetzt, wo die Kröten vernichtet waren, wiederhergestellt war.

»Ja, schon ... Ich meine, wir sind Rivalinnen ... Megumin! Lange nicht gesehen. Meine Ausbildung ist abgeschlossen und ich bin zurückgekehrt, wie du es vorhergesagt hast. Wie du sehen kannst, beherrsche ich jetzt Magie der Oberklasse! Es ist an der Zeit, dass du dein Versprechen einlöst! Nach all der Zeit wird das heute ein für alle Mal geklärt!« Sie stach mit dem Finger nach Megumin und war sichtlich aufgeregt.

Mann, was für eine dramatische Wendung.

Doch die Angegriffene …

»Tut mir leid … Wer bist du noch mal?«

Diese emotionslose Antwort der schleimbedeckten Megumin entlockte der Fremden einen entsetzten Schrei. »Waaas?!«

Irgendwie erinnerte sie mich an unsere Erzmagierin. Ihre schwarze Robe und der schwarze Umhang ähnelten stark denen, die Megumin trug. Sie hatte einen silbernen Stab in der Hand und einen Dolch an der Hüfte. Außerdem war sie ein bisschen größer als Megumin und insgesamt besser proportioniert. Sie sah gar nicht mal schlecht aus. Und auch wenn sie sehr entschlossen wirkte, war sie doch anscheinend eher schüchtern.

In Japan hätte ich sie mir gut als Klassensprecherin oder Vorsitzende des Schülerrats vorstellen können. Sie hatte diesen typischen Streberlook.

Ihr Haar war mit Schleifen zusammengebunden, und sie hatte diese unverkennbaren roten Augen. Die gleichen wie Megumin.

»I… Ich bin's! Deine Klassenkameradin von der Akademie im Dorf des Roten Dämons! Du warst Nummer eins und ich Nummer zwei! Und … und ich hab gesagt, ich wollte Magie der Oberklasse lernen …« Das Mädchen vom Clan des Roten Dämons deutete auf sich selbst und versuchte verzweifelt, Megumins Gedächtnis auf die Sprünge zu helfen.

Moment, was war das? Das klang nach einer großen Sache.

»Sekunde mal. Hat sie gerade gesagt, du warst Klassenbeste?«

Megumin kicherte nur. »Warum bist du so geschockt? Habe ich dir, als wir uns begegnet sind, nicht gesagt, dass ich die stärkste Magierin vom Clan des Roten Dämons bin? Dein Fehler, wenn du mir nicht geglaubt hast. Aber jetzt, wo wir uns schon so lange kennen, hast du sicher keine Zweifel mehr.«

»Ja, das ... ist nicht gerade leicht zu glauben, wenn du von Krötenrotz bedeckt vor mir stehst.«

»W... Was?!«

»Hey! Hallo?«, unterbrach die Neue unseren Streit. »Megumin, ich bin's! Erinnerst du dich wirklich nicht? Dass ich dich immer bei Tests und allem herausgefordert habe und du immer gesagt hast, wenn wir uns duellieren wollten, müsste es einen Preis geben und ich sollte mein Mittagessen einsetzen? Ich kann gar nicht zählen, wie oft du mich so um mein Mittagessen gebracht hast.«

Wow, das hat Megumin getan?

Ich starrte sie an, doch sie wich meinem Blick aus.

»Hey, wenn ihr hier noch braucht, stört's euch, wenn ich schon mal zur Gilde vorgehe? Die sollen sich um das Krötenfleisch kümmern, bevor es schlecht wird.« Aqua deutete auf die gegrillten Monster.

Ich war nicht gerade begeistert, dass sie mich in dieser Situation allein lassen wollte. Aber im Moment brauchten wir jedes bisschen Geld, das wir kriegen konnten, und es war besser, das Aqua zu überlassen. Außerdem konnten Megumin und ich so direkt nach Hause gehen, und sie konnte sich den Amphibiengestank abwaschen.

»Hmm. Hier scheint einiges vorzugehen. Ich werde mich auch für heute verabschieden ... Kazuma Sato, ich muss zugeben, Sie haben heute wie ein Abenteurer gewirkt, aber ich kann noch nicht ausschließen, dass das alles nicht nur Theater war, um mich auf eine falsche Fährte zu locken. Ich traue Ihnen noch nicht.« Mit einem letzten bösen Blick folgte Sena Aqua zurück in die Stadt.

3

Da ich mich nun allein um die Angelegenheit auf der verschneiten Wiese kümmern musste, wandte ich mich wieder an Megumin: »Dieses Mädchen behauptet also, dich zu kennen, aber du … kennst sie nicht? Sie scheint aber einiges über dich zu wissen. Bist du sicher, du bist ihr nie begegnet?«

»Bin ich nicht und sie hat uns auch immer noch nicht ihren Namen verraten, was äußerst seltsam ist. Sie muss einer dieser ›Haie‹ sein, vor denen du Aqua gewarnt hast, sich nicht mit ihnen einzulassen, egal wie dringend wir Geld brauchen. Wir sollten einen Bogen um sie machen.« Sie ergriff meine Hand und wollte mich wegziehen.

Als sie bemerkte, dass wir sie stehen lassen wollten, meinte das Mädchen panisch: »B… Bleib sofort stehen! N… Na schön! Ich mache das nur ungern vor einem Fremden, aber ich werde dir meinen Namen verraten. Ich bin Yunyun, Erzmagierin und Meisterin der Oberklassemagie. Und außerdem die zukünftige Anführerin des Clans des Roten Dämons …!« Sie lief dunkelrot an und warf ihren Umhang in einer dramatischen Geste zurück.

Anscheinend gab es ein Gesetz, dass Mitglieder des Clans des Roten Dämons sich mit überdramatischen Gesten vorstellen mussten.

Megumin beobachtete das alles und sagte dann zu mir: »Da hast du's. Sie ist Yunyun, die Tochter des aktuellen Anführers des Clans des Roten Dämons und seine Nachfolgerin. Außerdem meine selbst ernannte Rivalin in der Schule.«

»Verstehe. Ich bin Kazuma, ich bin in Megumins Party. Freut mich, Yunyun.«

»D... Du erinnerst dich also doch! W... Warte, was?! Kazu... Kazuma? Lachst du etwa nicht über meinen Namen?«, fragte Yunyun schüchtern und eindeutig verwirrt.

»Vielleicht ist dein Name ein bisschen komisch, aber das sagt nichts über dich aus. Ich kenn sogar eine, die als durchgeknallte Explosionstussi bekannt ist, obwohl sie sowieso schon den seltsamsten Namen hat, den man je gehört hat.«

»Redest du etwa von mir? Diesen Spitznamen hab ich noch nie gehört! Wann hab ich den denn bekommen?«

Ein eigenartiger, aber eindeutig überraschter Ausdruck huschte über Yunyuns Gesicht. »Verstehe. Damit hätte ich rechnen sollen, Megumin. Du hast gute Freunde gefunden. Nichts anderes hätte ich von meiner Rivalin erwartet.«

Irgendetwas schien ihre Meinung über mich verbessert zu haben.

»Wo wir schon so nett plaudern, warum gehen wir nicht woandershin? Oder wollt ihr hier stehen bleiben?«

Auf meinen Vorschlag hin wurden Yunyuns Augen groß, und sie wich einen Schritt von Megumin und mir zurück.

»Ach ja! Fast hätte ich's vergessen, nachdem Megumin sich so angestrengt hat, so zu tun, als würde sie mich nicht kennen. Megumin, ich bin gekommen, um unseren Konflikt beizulegen. Eines Tages werde ich die Anführerin des Clans des Roten Dämons sein. Wie könnte ich selbstbewusst auf diesem Thron sitzen, wenn ich dich nicht besiegen kann? Und darüber hinaus ...«

Yunyun richtete sich auf und zeigte auf Megumin. »Ich habe wie versprochen Magie der Oberklasse gelernt. Alles, was ich jetzt noch zu tun habe, ist, dich zu besiegen. Dann habe ich das Recht, mich die stärkste Magierin des Clans des Roten Dämons zu nennen. Und niemand kann mehr Einwände dagegen erheben, dass ich die Anführerin werde. Niemand wird behaupten können, ich hätte den Thron nicht verdient! Also, Megumin, stell dich mir!« Die Entschlossenheit in ihren Augen war nicht zu übersehen.

»Ich will nicht. Es ist kalt und ich friere«, antwortete Megumin, als sei das eine völlig normale Reaktion.

»Wa...?!« Yunyun erstarrte.

»Dir ist kalt? Dann gehen wir nach Hause. Ich heiz das Bad an. Du darfst auch als Erste rein. Und danach essen wir was Schönes.«

Ich wollte mit Megumin aufbrechen, doch ...

»W... W... W... Warte mal! Wie kannst du mir das antun? Wie kannst du nach all der Zeit so kalt sein? Megumin, stell dich mir! Ich flehe dich an!«, bettelte Yunyun verzweifelt.

Schließlich seufzte Megumin. »Für heute habe ich keine Magie mehr. Ich habe all meine Manapunkte aufgebraucht. Du willst mich also mit Magie herausfordern? Ha ha ha, unterschätz mich lieber nicht. Ich habe gerade acht von diesen dämlichen Kröten auf einen Schlag vernichtet. Kannst du da mithalten, Yunyun?«

Als sie Megumins wahnwitziges Prahlen hörte, blickte Yunyun überrascht zu mir. Wahrscheinlich suchte sie nach einem Hinweis, ob das der Wahrheit entsprach.

»Na ja, stimmt schon irgendwie.« Ich ließ aber praktischerweise außer Acht, dass sie sich danach nicht mehr hatte rühren können.

Yunyun senkte den Blick und schluckte schwer. Sie wirkte blass.

»Du warst weit weg, aber vielleicht hast du davon gehört ... wie ich Tag für Tag den General des Dämonenkönigs mit meiner Magie so verängstigt habe, dass er aus seinem Schloss kam, und wie ich ihn dann vernichtet habe? Oder wie meine ›Explosion‹ die unbezwingbare mobile Festung Destroyer zerstört hat?«

Yunyun blickte zwischen Megumin und mir hin und her. Sie wirkte zunehmend nervös.

Na ja, sie hat nicht wirklich gelogen.

»Es stimmt, dass Megumins Magie den General des Dämonenkönigs herausgelockt hat und dass sie dem Destroyer den vernichtenden Schlag versetzt hat.«

Man muss es nur richtig verkaufen, wie man so schön sagt.

Ich war nicht sicher, ob Yunyun noch blasser hätte werden können.

»T... T... T... T... Trotzdem werde ich mein Duell bekommen! Ich muss ...! Auch wenn ich keine Chance habe, zu gewinnen, ich werde nicht aufgeben!« Obwohl sie Tränen in den Augen hatte und ihre Stimme vor Angst zitterte, würde Yunyun ihre Meinung nicht ändern.

Megumin seufzte noch einmal tief. »Mir bleibt wohl nichts anderes übrig. Ich sag dir, was wir machen. Heute kann ich keine Magie mehr anwenden. Wie wäre es also mit einem Nahkampf? Darin warst du sowieso immer besser als ich. Du scheinst jetzt auch selbst ein Abenteurer zu sein. Ich schätze, eine schriftliche Prüfung wird dir nicht mehr reichen. Wir werden keine Waffen verwenden. Wer zuerst aufgibt, hat verloren. Wie klingt das?«

Yunyun stand die Überraschung ins Gesicht geschrieben. »Bist du sicher? Immerhin hast du in der Schule die Kampfstunden meistens geschwänzt ... Du willst es mir doch nicht etwa leichtmachen? Früher hast du immer, sobald die Pause angefangen hatte, eine große Show gemacht und bist vor mir rumstolziert, damit ich dich herausfordere und du mir mein Mittagessen abnehmen kannst ...«

»Du warst wohl echt schlimm, was, Megumin?«

»Das war eine Frage von Leben und Tod. Wegen meiner Familiensituation war ihr Mittagessen immer meine Rettung. Aber hätte ich sie selbst herausgefordert, wäre das quasi Erpressung gewesen.«

Yunyun schloss die Augen. Sie atmete tief durch und lächelte dann bezaubernd. »In Ordnung. Ich akzeptiere deine Bedingungen. Aber jemand hat mir mal gesagt, dass zu einem richtigen Duell ein Preis gehört. Ich setze diesen Manatit-Kristall. Er ist sehr rein, ein erstklassiges Teil. Alle Magier würden sich überschlagen, um ihn in die Finger zu bekommen!« Sie zog ein kleines Juwel hervor. Dem Namen nach zu urteilen, musste es voller Manapunkte sein.

Megumin nickte zufrieden. »Na schön. Ich akzeptiere. Dann komm und greif mich an!« Sie breitete herausfordernd die Arme aus.

Yunyun ging in eine tiefe Hocke und ballte die Fäuste. Rein körperlich wirkte Yunyun wie die klare Siegerin. Sie war in Größe und Statur überlegen. Außerdem waren die Muskeln an ihren schlanken Armen und Beinen wohl proportioniert.

Bei Megumin dagegen konnte man sich beim besten Willen nicht vorstellen, dass sie gut im Nahkampf sein könnte. Um ehrlich zu sein, wirkte sie wie ein absolut durchschnittliches Mädchen und eine unterdurchschnittliche Magierin.

Yunyun glitt nach vorne, um die Lücke zwischen ihnen zu schließen.

Megumin stand immer noch mit ausgestreckten Armen da, als wollte sie ihre Gegnerin umarmen.

»Hey, Megumin. Sag mal … Dein Körper glänzt so. Ist das etwa …?«

»Ja, das ist Krötenrotz!« Megumins Antwort auf die zögerliche Frage kam wie aus der Pistole geschossen.

Yunyun verzog das Gesicht, doch die andere Magierin fuhr unbeirrt fort: »Du hast mich vorhin gerettet. Mein ganzer Körper ist von Krötenschleim überzogen. Aber warum hältst du dich zurück? Komm schon! Sobald du mir zu nahe kommst, pack ich dich und nagel dich fest!«

Nach dieser Ankündigung ging Megumin mit ausgestreckten Armen vorwärts, doch für jeden Schritt, den sie machte, trat Yunyun einen zurück.

»M… Megumin? D… Das ist nicht lustig … Das soll doch ein Witz sein, oder? D… Das ist nur eine Strategie, um mein Selbstvertrauen zu erschüttern und mich zum Aufgeben zu bewegen. Stimmt's? Das hast du schon immer gemacht. D… Du kannst mich nicht mehr täuschen …« Yunyun wich langsam zurück und versuchte, ihre Fassade aufrechtzuerhalten.

Mit leuchtenden roten Augen bewegte sich Megumin langsam vorwärts. Auf ihrem Gesicht lag der Ausdruck eines Kindes, das einem guten Freund einen Streich spielen will.

Schließlich drehte sich Yunyun auf dem Absatz um und rannte davon. Megumin folgte ihr.

»Ich geb auf!«, rief Yunyun. »Ich geb auf! Ich geb dir das Manatit – aber komm nicht näher!«

4

Megumin hatte Yunyun erfolgreich eingeschleimt und sie heulend ihrer Wege geschickt. Jetzt waren wir auf dem Heimweg.

»Ach, Kazuma, hier. Der wird einen guten Preis einbringen. Benutz ihn, um deine Schulden abzubezahlen.« Sie reichte mir den Manatit-Kristall, den sie gerade gewonnen hatte.

Ich erinnerte mich, dass Yunyun gesagt hatte, alle Magier würden sich überschlagen, um ihn in die Finger zu bekommen. »Bist du sicher? Willst du ihn nicht benutzen? Nicht dass ich wüsste, wie er funktioniert.«

Zu meiner Überraschung lachte Megumin. »Manatit-Kristalle sind ziemlich nützlich. Sie verleihen einem Mana, wenn man Magie anwendet. Aber sie sind schnell aufgebraucht. Ein Kristall dieser Größe und Reinheit hat nicht die Energie für eine meiner ›Explosionen‹. Diese Steine sind nützlich für durchschnittliche Magier, aber eine große Magierin wie ich hat dafür keine Verwendung.«

Geschickt, wie sie es schafft, dabei noch eine kleine Selbstbeweihräucherung einzubauen …

»Stört dich das nicht? Ich weiß, ich hab dich das schon mal gefragt, aber willst du keine nicht explosive Magie ler…?«

»Nein.«

»Dachte ich mir.«

Sie hatte so schnell geantwortet, dass ich nur seufzen konnte. Was hätte ich auch sonst tun sollen? Dieser kleine Vorfall bewies, dass selbst Megumin manchmal etwas erreichen konnte … oder?

Diese Yunyun hatte Mittelklassemagie angewendet. Es war eine beeindruckende Show gewesen und hatte das Krötenproblem gelöst. Darüber hinaus war sie hübsch und stylisch. Im Vergleich zu einer so erstaunlichen Magierin …

»Was …? Warum seufzt du? Mitglieder des Clans des Roten Dämons sind nicht nur exzellente Magier, sie sind auch überaus intelligent. Soll ich mal raten, was du gerade denkst?«

Megumin sah mich misstrauisch an, als ich erneut seufzte.

»Ich hab nur gedacht, wie viel hübscher du doch bist als die andere.«

»Oh, danke! Für so ein nettes Lob hast du eine Umarmung verdient!«

»N… Nein, nicht! Du riechst nach Kröte! Bleib weg!«

Als wir zu Hause ankamen, war Aqua noch nicht zurück. Auch von Darkness, die ich inzwischen zurückerwartet hatte, fehlte jede Spur.

Mit dem klebrigen Schleim auf dem Rücken ging ich direkt aufs Bad zu. »Ugh … Wie das stinkt … Ich hab mich noch nie so wenig über eine Umarmung gefreut.«

»Du solltest wirklich dankbarer sein. Es gibt Leute, die bezahlen, um von schleimigen Mädchen umarmt zu werden«, erklärte Megumin leichthin, während sie mir folgte.

Als ich den Vorraum betreten wollte, zupfte sie mich am Ärmel.

»Was willst du?«

»Ich hasse es, schleimig zu sein. Lass mich zuerst baden.«

»Tja, ich mag es auch nicht, und du warst es, die mich vollgeschleimt hat. Außerdem muss ich zuerst reingehen, um das Bad anzuheizen. Unsere Wanne funktioniert mit Magie, schon vergessen? Du hast keine Manapunkte mehr, wie willst du also das Wasser warm halten? Ich wette, die Manapunkte, die ich dir abgegeben habe, würden kaum reichen, um es lauwarm zu machen. Also setz dich an den Kamin, bis ich fertig bin.«

Ich scheuchte Megumin weg, und sie warf mir einen finsteren Blick zu. »Wenn ich mich ans Feuer setze, trocknet der Schleim auf meinen Kleidern und dann kriege ich den Geruch nie wieder raus. Hast du noch nie von ›Ladies first‹ gehört? Sei mal ein Kavalier!«

»Ich bin für Gleichberechtigung. Du kannst nicht immer schreien, dass Frauen eine Sonderbehandlung verdienen, wenn es dir in den Kram passt, und dich dann umdrehen und dich über die Männer aufregen. Wenn du wie eine Dame behandelt werden willst, warte erst mal, bis du alt genug bist, eine zu sein.«

»Hey! Willst du mich wie ein kleines Kind behandeln?! Du weißt schon, dass du nur drei Jahre älter bist? In zehn Jahren sind wir sechsundzwanzig und dreiundzwanzig und das ist wirklich kein großer ...«

»Die Zukunft ist die Zukunft und die Vergangenheit die Vergangenheit. Ich lebe in der Gegenwart. Und in der Gegenwart sehe ich nichts weiter als ein kleines Mädchen. Ohne Wenn und Aber. Ich geh jetzt baden!« Noch während ich sprach, drängte ich mich in den Badebereich, aktivierte den Wasserboiler mit ein bisschen Magie und zog mein schleimiges Hemd aus.

»Dieser Mann entblößt sich vor mir!« Megumin wich vor mir zurück, aber ich machte mir keine großen Gedanken, dass ein Kind mich oben ohne sah.

»Wenn du mehr sehen willst, kostet das.«

Die Magierin kaute frustriert auf ihrer Lippe und schnalzte dann mit der Zunge, als sei ihr eine Idee gekommen. Mit einem siegessicheren Lächeln forderte sich mich heraus: »Verstehe, du siehst mich also nicht als Frau, Kazuma. Dann lass uns zusammen baden! Wenn ich für dich nichts weiter als ein Kind bin, sollte das kein Problem sein.«

»Ja, zusammen ist es wahrscheinlich genauso entspannend. Na schön, ich geh jetzt in die Wanne.«

»Was?!« Es war Megumins Idee gewesen, doch meine leichtfertige Zustimmung schien sie zu verunsichern. »E… Entschuldige mal, aber ist das nicht der Moment, in dem du peinlich berührt sagen solltest: ›S… Sei nicht albern, das geht doch nicht!‹, und mir dann den Vortritt lässt?«

»Warum sollte ich einem so abgedroschenen Klischee folgen? Nur damit du's weißt, ungeschriebene Gesetze interessieren mich nicht besonders. Ich geb dir ein Beispiel. Gehen wir mal davon aus, du wärst in mich verknallt, aber ich würde von anderen Mädels belagert und du würdest eifersüchtig und wolltest mich vermöbeln – du kannst mal bitte glauben, dass ich mich wehren würde. Wenn ich was mache, mache ich es richtig. Vergiss das besser nicht.«

»In Ordnung, ich habe dich unterschätzt, Kazuma. Aber ich werde mich ganz sicher nicht in dich verlieben, also besteht da kein Grund zur Sorge. Ich bin auch nicht sicher, ob das die richtige Gelegenheit ist, um Dinge zu sagen wie ›Wenn ich was mache, mache ich es richtig‹, aber ich werd das mal durchgehen lassen.«

Vielleicht hatte Megumin ihre Niederlage endlich eingesehen, denn sie zog sich langsam zurück …

»Was denn? Erst forderst du mich raus und jetzt lässt du mich allein? Das war also wirklich nur leeres Gerede. Und du fragst dich, warum ich dich wie ein Kind behandle?«

»Leeres Gerede?! Ich?! Wie kannst du es wagen? Dir zeig ich's! Ein kleines Bad macht mir nichts aus! Jetzt hör auf, dich hinter diesem Handtuch zu verstecken, und steig in die Wanne!«

»Hey, lass das! Zieh nicht an meinem Handtuch, du Perverse!

Warum bist du überhaupt so stark? Hat Yunyun dich je aufgezogen, weil du dich wie ein Junge benimmst? Zeig mal ein bisschen Anstand!«

Nachdem sie sich in einer dramatischen Geste die Robe von Leib gerissen und sich in ein Handtuch gewickelt hatte, betrat sie den Badebereich.

Hm? Hatte ich da gerade ein Muster gesehen, das an ihren Oberschenkeln unter dem Handtuch hervorblitzte?

Die Erzmagierin hielt die Hand ins Wasser und rief mir zu: »Das Wasser ist lauwarm! Leg mal ein bisschen Magie nach! Jetzt komm schon her!«

Hatte ich es mir nur eingebildet? Na ja ...

5

»Haah ...«

»Haaah ... So ein gelegentliches Bad mitten am Tag ist gar keine schlechte Idee. Ich glaub, ich schlaf gleich ein ...« Ich sank bis zu den Schultern in die riesige Wanne und streckte genüsslich Arme und Beine aus. Die Größe der Wanne war das Beste an diesem Haus. »War es richtig, diese Yunyun einfach stehen zu lassen? Ihr hattet euch doch ewig nicht gesehen, oder?«

»Wir werden uns schon wieder begegnen. Immerhin sieht sie mich als Rivalin.« Megumin, die ebenfalls bis zu den Schultern im Wasser lag, stützte das Kinn auf den Wannenrand und schloss die Augen.

»Yunyun ...? Schon irgendwie ein komischer Name, aber sie ist niedlich. Außerdem scheint sie sehr vernünftig zu sein, dafür dass sie eine Freundin von dir ist.«

»So wie du das sagst, klingt es, als sei ich nicht vernünftig. Sie ist genauso alt wie ich. Siehst du sie auch als Kind?« Das Kinn immer noch auf den Wannenrand gestützt, musterte sie mich aus einem Auge.

Sie und Yunyun waren also gleich alt ... Mit einem Mal sah ich das Mädchen, das mit mir in der Wanne saß, mit anderen Augen.

»Hey ... Was hast du gerade gedacht, als du mich angesehen hast?«

»Ich hab nur gedacht, dass alle unterschiedlich schnell erwachsen werden ... Hey, hör auf! Kein Explosionszauber! Ich weiß, du hast keine Manapunkte mehr, aber du jagst mir trotzdem eine Heidenangst ein!«

Ich imitierte Megumin und stützte mein Kinn ebenfalls auf. »Sie ist also dreizehn, ja? Ich lass die Finger von Mädchen, die jünger sind als ich. Wenn sie wenigstens vierzehn wäre, wäre sie im zweiten Jahr der Mittelschule ... Nein, nein, das ist immer noch zu jung!«

Eigentlich redete ich eher mit mir selbst, doch Megumin sprang trotzdem darauf an. »Ich weiß nicht, was zweites Jahr der Mittelschule bedeuten soll, aber ich werde auch nächsten Monat vierzehn. Hörst du dann auf, mich wie ein Kind zu behandeln?« Sie hatte immer noch genüsslich die Augen geschlossen.

»Was, echt jetzt? Du hast nächsten Monat Geburtstag? Warte ... vierzehn? Legst du dann deine Klein-Mädchen-Persönlichkeit ab?«

»Wer ist hier ein kleines Mädchen? Außerdem kann ich mich nicht erinnern, mir eine andere Persönlichkeit zugelegt zu haben. Was? Was hast du? Warum guckst du so?«

Das Mädchen, das ich bisher immer als freche kleine Schwester betrachtet hatte, wirkte plötzlich eher wie eine freche jüngere Mitschülerin.

»W... Was mach ich denn jetzt? Irgendwie schäm ich mich plötzlich ...«

»Was meinst du? Jetzt änderst du deine Meinung? Hör auf – sonst schäm ich mich auch! Und überhaupt, wieso sollte ein Jahr überhaupt so einen Unterschied machen ...? Hör auf, mich so komisch anzugucken!«

Was war denn nur los? Warum hatte ich plötzlich Herzrasen? Mit einem Mal wurde mir bewusst, dass ich mich in eine ziemlich verzwickte Situation gebracht hatte. »Hey, Megumin, warum sitzen wir überhaupt zusammen in der Wanne? Wenn man mal richtig drüber nachdenkt, ist das ziemlich ... falsch.«

»Das sagst du jetzt?! Lass das! Warum musst du gerade jetzt vernünftig werden?«

Megumin wich zurück, um so viel Distanz wie möglich zwischen uns zu bringen. Ich tat dasselbe in die andere Richtung.

»Ich mein ... was, wenn uns jemand sieht? Das kann man unmöglich als Scherz abtun. Normalerweise ist das genau der Moment, in dem jemand, der solche Situationen nicht deuten kann ...«

Und natürlich hörten wir in diesem Augenblick die Stimme von jemandem, der berüchtigt dafür war, grundsätzlich gar keine Situation deuten zu können. »Bin wieder daaaa!«

»Das hast du heraufbeschworen, Kazuma!«

»Wir haben keine Zeit für Schuldzuweisungen! Einer von uns muss schnell hier raus!«

Megumin und ich sprangen beide gleichzeitig auf, nur um schnell peinlich berührt wieder ins Wasser zu sinken.

»Warum willst du mit mir raus? Willst du sehen, was mein nasses Handtuch enthüllt? Und hast du gar keine Angst, was ich sehen könnte?«

»Hey, ich geh raus, also bleib du im Wasser. Warte – der Schlüssel!

Bitte sag mir, wir haben abgeschlossen …«

»N… Nein! Und du weißt, dass Aqua direkt hierherkommen wird. W… W… Was machen wir jetzt? Tu doch was!«

Was auch immer unsere Optionen hier sein mochten, der erste Schritt war, dass einer von uns aus der Wanne stieg. Wenn Aqua uns hier entdeckte, würde sie garantiert mit einem neuen Spitznamen für mich um die Ecke kommen – so was wie Perverso-Neet oder so.

»Kazumaaa! Megumiiin! Ich bin wieder daaa! Wollt ihr mich nicht begrüßen? Ich hab das Geld, das wir für die Kröten bekommen haben!«

Ihre Stimme kam näher.

Ich sprang aus der Wanne und eilte auf den Vorraum zu. Doch meine Schritte schienen Aqua zu verraten, wo ich war.

»Kazumaaa! Nimmst du etwa ein Bad?«

Eine Sekunde bevor sich die Tür öffnen konnte, nahm ich alle Magie, die ich in mir hatte, zusammen, streckte meinen rechten Arm aus und konzentrierte mich stärker als je zuvor auf einen Zauber. »*Gefriiiiere!*«

Der Zauber, in dem all meine Magie lag, gefror augenblicklich den Türgriff, während ich völlig erschöpft zu Boden sank.

»Kazuma, ich hab euer Geld auf den Tisch gelegt, okay? Lass uns was essen, wenn du mit dem Baden fertig bist.«

Sie ging weg, ohne auch nur versucht zu haben, die Tür zu öffnen.

Natürlich hatte sie das nicht. Sie wusste doch, dass ich hier drinnen war. Was dachte ich denn, was das hier war, ein Manga?

»G… Geht's dir gut, Kazuma? Hast du all deine Magie aufgebraucht? Das war … ganz schön knapp. Fast wären wir …«

»Fast wär ich als Perversling abgestempelt worden! Das war

echt knapp … Hey, Megumin, tut mir leid, aber könntest du mich abtrocknen? Ich kann mich nicht rühren, aber ich will mich nicht erkälten …«

Von meiner Position auf dem Boden aus konnte ich Megumin nicht sehen. Aber …

»Man würde dich also für einen Perversen halten, weil du mit mir badest? Erklär mir das! Außerdem stellst du ganz schöne Forderungen für jemanden, der sich nicht bewegen kann!«

»Hey … hey, hör auf! Warum ziehst du mein Handtuch weg?! Wer ist hier der Perverse?! Hey … A… Aquaaa! Aquaaa! Der Wurzelzwerg belästigt mich!«

6

Aqua eilte mir zu Hilfe, und als der Staub sich gelegt hatte, hatte ich den Spitznamen des Perverso-Neet weg.

Zum zweiten Mal aßen wir ohne Darkness zu Abend, und es fühlte sich irgendwie einsam an.

Und dann am nächsten Morgen …

»Was denn, ihr zwei seid schon auf?«, staunte ich, als ich ins Wohnzimmer kam.

Am Abend zuvor waren wir zu dem Schluss gekommen, dass es gefährlich war, ohne Darkness auf eine Quest zu gehen. Somit hatten wir heute alle den Tag frei.

Darkness war auch gestern nicht nach Hause gekommen. Ich wusste, sie hatte gesagt, der Fürst sei besessen von ihr, aber hatte er sie etwa gekidnappt? Oder war etwas Unvorhergesehenes passiert …? Wenn sie bis heute Abend nicht zurück war, würde ich die Sache selbst in die Hand nehmen.

Weil ich zu faul war, Frühstück zu machen, schlich ich auf der Suche nach etwas zu essen durch die Stadt, als ich ein gewisses Mädchen vom Clan des Roten Dämons entdeckte. Sie streifte allein umher und blickte sich gierig nach jedem Essensstand um. Schließlich blieb sie vor einem stehen, der Grillspieße anbot.

Einen Moment später kam ein Kunde, scherzte mit dem Verkäufer und erstand drei Spieße.

Das schien ihr bei der Entscheidungsfindung zu helfen. Sie ging auf den Stand zu und kaufte drei Spieße wie der Kunde vor ihr. Ich hatte den Eindruck, dass sie noch nie etwas an einem Straßenstand gekauft hatte und nicht wusste, wie.

Ich überlegte, sie auf mich aufmerksam zu machen, aber da sie den Mund voll hatte, ließ ich sie lieber in Ruhe.

Nachdem ich mir in einem Laden Frühstück geholt hatte und weiter durch die Stadt strich, entging mir nicht die Unterhaltung zweier Abenteurer.

»Ich hab gehört, in letzter Zeit sind um die Stadt ein paar seltsame Monster aufgetaucht. Sie sind nicht sehr stark, aber …«

»Oh ja, das hab ich auch gehört. Sie sehen total merkwürdig aus, und wenn sie ein bewegliches Objekt sehen, klammern sie sich daran fest und explodieren. Von denen redest du doch, oder?«

Seltsame Monster? Ich find ja alle Monster hier seltsam. Aber vielleicht sollte ich das im Hinterkopf behalten.

Diese Gedanken gingen mir durch den Kopf, als ich wieder das Mädchen sah. Dieses Mal lungerte sie vor einer Schießbude.

Die hatte allerdings wenig mit den Jahrmarktsbuden in Japan gemeinsam. Es gab echte Bögen und Pfeile mit stumpfen Spitzen. Viele der Kunden waren Pärchen. Er gewann einen Preis und schenkte ihn dann seiner Freundin.

Hier traf man sich in dieser Stadt wohl für Dates. Und gerade dieser Stand schien sich explizit an Leute auf einem romantischen Date zu richten. Die Preise ließen daran keinen Zweifel.

Vielleicht schämte sich das Mädchen, dass sie keine Begleitung hatte, denn sie wartete, bis alle Paare gegangen waren, bevor sie sich heranwagte.

Sie war allerdings keine besonders gute Schützin. Keiner ihrer Pfeile kam auch nur in die Nähe des Preises, den sie wollte. Sie gab dem Betreiber immer wieder Geld für weitere Versuche, bis schließlich ein neues Pärchen kam und sie kleinlaut den Bogen zurückgab und sich davonstahl.

Hmm ... Ich sollte mir das gut überlegen. Ihre Rivalin ist in meiner Party, wir sind also nicht gerade Freunde, aber ...

»Hey«, rief ich ihr nach und ging auf sie zu.

»Oh! Ähm, Kazuma, hallo ...«

Ich würdigte Yunyun kaum eines Blickes, marschierte auf den Schießbudenbesitzer zu und gab ihm Geld.

»*Präzisionsschuss!*«

Dank meines Scharfschützen-Skills gewann ich den Preis für Yunyun mit einem einzigen Schuss. Es war eine Samurai-Plüschfigur, und als sie vom Regal fiel, erinnerte sie mich irgendwie an den Wintergeneral.

»Hier. Den wolltest du doch, oder?« Scheinbar desinteressiert reichte ich sie Yunyun.

Ich an ihrer Stelle hätte mich wahrscheinlich sofort in mich verliebt.

Yunyun errötete leicht, und eine Sekunde lang wirkte sie unsicher, ob sie das Spielzeug annehmen sollte. Doch dann breitete sich ein Lächeln auf ihren Lippen aus und sie sagte freudig: »D... Danke schön ...!«

»Es tut mir leid, mein Herr, aber auf dem Schild steht ganz klar, dass Bogenschützen und der Einsatz von ›Präzisionsschuss‹ ausgeschlossen sind. Sie können den Preis behalten, aber Sie müssen den doppelten Preis zahlen …«

Während ich mich entschuldigte und dem Standbetreiber mehr Geld gab, sah ich wohl nicht mehr ganz so cool aus, wie ich mir das ausgemalt hatte.

»A… Also dann, ich muss den Rest meiner Party suchen. Man sieht sich.« Auch weil ich mich in Grund und Boden schämte, hob ich schnell die Hand, um Yunyun zum Abschied zu winken.

»Was? Oh … äh …« Yunyun streckte die Hand aus, um mich zurückzuhalten, zog sie dann aber wieder zurück, umklammerte ihre Plüschfigur und verbeugte sich stattdessen. »Noch mal danke für die Wintergeneral-Figur.«

Es *war* also ein Wintergeneral.

Die traumatische Erinnerung an meinen Tod durch seine Hand versetzte mir einen Stich, als sei ich selbst von einem Pfeil durchbohrt worden, aber ich setzte eine tapfere Miene auf.

Ich trennte mich von Yunyun und sah mich weiter in der Stadt um. Da meine Partymitglieder so schwer zu übersehen waren, würde ich sie früher oder später schon entdecken, aber …

»Kommen Sie näher! Wer ist unser nächster Herausforderer?«

Ich drehte mich nach der Stimme um und erblickte eine Menschenmenge. Meine Neugier trieb mich näher. Alle anderen, die die Stimme angelockt hatte, wirkten ungewöhnlich muskulös.

Als ich nah genug heran war, erblickte ich …

»Also gut. Ich bin der Nächste.«

Ein kräftiger Muskelprotz, wahrscheinlich auch ein Abenteurer, trat aus der Menge heraus. Er trug normale Kleidung, sodass ich nicht erkennen konnte, welcher Klasse er angehörte, aber es war offensichtlich, dass er normal an vorderster Front kämpfte.

Der Mann nahm den Hammer, den der Standbesitzer ihm reichte, und mit einem gewaltigen Schrei ließ er ihn auf eine Art Stein hinabsausen. »IAAAAAAHHHH!«

Funken stoben auf, als der Hammer auftraf. Doch der Stein selbst ...

»Mist. Das war immer noch nicht gut genug, was?« Der enttäuschte Mann hatte recht, der Stein hatte nicht einen Kratzer.

Erneut erhob der Standbesitzer seine Stimme: »Ein weiterer guter Mann, dem es nicht gelungen ist! Das Preisgeld steigt auf hundertfünfundzwanzigtausend Eris. Ein Versuch kostet zehntausend. Jedes Mal, wenn einer versagt, kommen weitere fünftausend in den Pott! Hat denn keiner von euch genug Vertrauen in seine Kräfte? Ihr könnt so viel Magie anwenden, wie ihr wollt! Beweist euch gegen das Adamantit! Wer es zerbrechen kann, darf sich einen erstklassigen Abenteurer nennen! Wer nimmt die Herausforderung an?«

Verstehe. Mann, hier gibt's wirklich alles.

Da ich immer mal wieder darüber nachgedacht hatte, selbst ein Geschäft zu eröffnen, konnte ich hier noch einiges lernen. Doch mit meinen Fähigkeiten und meiner Stärke sah ich keine Möglichkeit, auch nur einen Kratzer in das Adamantit zu machen.

Ich ließ meinen Blick schweifen, und da sah ich sie zum dritten Mal an diesem Tag. Wie üblich war sie allein und ballte die Fäuste, während sie die Abenteurer genau beobachtete, die den Hammer auf den Stein niedersausen ließen. Dieses Mal grüßte ich sie ganz direkt. »So sieht man sich wieder, Yunyun.«

Anfangs fragte ich mich, ob sie mich auch als Feind betrachtete, wo Megumin doch ihre ernannte Rivalin war, aber so wie die Dinge zuvor gelaufen waren, schien sie mich nicht allzu sehr zu hassen.

Als sie mich sah, rief sie freudig: »Oh, Kazuma! Noch mal danke, dass du die Plüschfigur für mich gewonnen hast. Sieh dir das an! Sie behaupten, dieser Stein sei aus Adamantit!«

Vielleicht gab es solche Spielbuden im Dorf des Roten Dämons nicht.

»Yunyun, du kannst doch Magie der Oberklasse anwenden, richtig? Denkst du, du könntest den Stein zerbrechen? Sie sagen, Magie ist erlaubt.«

»Ich? Gegen Adamantit? Ich fürchte nicht«, antwortete Yunyun. »Um ihn zu sprengen, bräuchte man schon extrem starke Magie. ›Explosion‹ wäre vielleicht ein bisschen viel des Guten, aber man bräuchte schon Explosionsmagie oder wenigstens Sprengmagie, um das zu schaffen.« Sie lächelte entschuldigend.

Während wir gesprochen hatten, war ein weiterer Abenteurer angetreten, hatte versagt und sich getrollt.

Ehe ich's mich versah, betrug das Preisgeld zweihunderttausend Eris. Die Menge wurde immer größer und die Rufe des Marktschreiers immer aufgeregter. »Vielleicht ist Adamantit ja doch zu viel für die Abenteurer dieser Stadt! Ich bin hergekommen, nachdem ich gehört hatte, dass ihr die mobile Festung Destroyer besiegt habt. Und da wollt ihr diesen Stein ganz lassen? Kommt schon, traut euch! Haben wir keine weiteren Herausforderer?!«

Er stachelte uns aus voller Kehle an, und die Abenteurer schubsten einander, um sich gegenseitig dazu zu bringen, ihre Kraft unter Beweis zu stellen. Alle wussten, das war genau das, was der Marktschreier wollte, aber sie konnten auch den Gedanken nicht ertragen, dass es niemandem gelungen war, den Stein zu zerbrechen.

Während die versammelten Abenteurer noch verstohlene Blicke austauschten, trat eine junge Frau vor.

Da stand mein Partymitglied und warf sich prahlerisch in die Brust. Ihre übliche Robe hatte sie gegen ein schwarzes Kleid eingetauscht, das als Straßenkleidung durchgehen sollte. In ihrem Gesicht stand dieselbe Selbstsicherheit wie an dem Tag, als sie den Destroyer vernichtet hatte.

»Hier ist Ihr Herausforderer!«, verkündete sie.

Megumin hatte kaum ausgesprochen, als alle Abenteurer, inklusive mir selbst, losstürmten, um sie zurückzuhalten.

7

»Hey! Behandelt man so etwa eine junge Frau, die noch gar nichts gemacht hat?«

Ich hatte Megumin so gepackt, dass ich ihr den Mund zuhalten konnte, sollte sie versuchen, ihren Zauber zu sprechen. Jeder ihrer Arme wurde von einem Abenteurer festgehalten.

»Hey, Mann, jetzt, wo die Kleine hier ist, sollten Sie besser Ihre Bude dichtmachen! Jeder in der Stadt weiß, dass sie verrückt ist nach Explosionen. Ihrer Herausforderung kann sie unmöglich widerstehen!«

Auf mein Drängen hin räumte der Standbesitzer mit angespannter Miene schnell zusammen.

Als sie ihm dabei zusah, fing Megumin an, sich zu wehren. »Och! Aber ich kann den Stein zerbrechen! Meine ›Explosion‹ wird ihn pulverisieren!«

»Laufen Sie! Laufen Sie, so schnell Sie können!«

»Uwaaaah!« Der Besitzer schnappte seine Sachen und machte sich schnell davon.

Megumin sah ihm enttäuscht nach.

Als ich sicher war, dass er weit genug weg war, ließ ich sie los. Die Menge löste sich auf.

»Mann«, sagte ich zu Megumin. »Reicht es nicht, dass ich Aqua nicht aus den Augen lassen kann? Apropos, ist sie nicht bei dir?«

»Nein, sie wollte irgendwohin, also haben wir uns getrennt. Seitdem die Stadt mit der Zerstörung des Destroyers so viel Geld gemacht hat, wimmelt es hier nur so von Leuten, die das ausnutzen wollen. Neulich hat sie sich neben ein paar Straßenkünstlern aufgebaut und angeboten, eine bessere kostenlose Show zu bieten als die, für die man sie bezahlen sollte. Sie sind in Tränen ausgebrochen.«

Ehrlich gesagt ... taten sie mir ein bisschen leid. Einerseits wollte ich helfen, andererseits wollte ich nicht wieder in Schwierigkeiten geraten. Ich hatte ein schlechtes Gewissen, aber diese Künstler würden allein klarkommen müssen.

Da zog mich Megumin am Ärmel. »Wo wir uns schon hier begegnet sind, warum machen wir nicht zusammen einen Rundgang durch die Stadt? Überall sind Stände. Ich hatte überlegt, die Besitzer ein bisschen einzuschüchtern.«

»U... Und ich hatte dich für vernünftig gehalten. Also, abgesehen von der Sache mit den Explosionen.«

Während wir noch diskutierten und uns auf den Weg machen wollten, ertönte eine leise Stimme hinter uns. »Ähm ...«

Ich drehte mich um. Yunyun blickte uns verloren an.

»Willst du mitkommen?«

Kurz wirkte sie begeistert – dann wanderte ihr Blick zu Megumin, und sie änderte ihre Meinung. »I… Ich bin hergekommen, um Megumin zu schlagen, nicht ihre beste Freundin zu werden! Danke noch mal für deine Hilfe am Bogenschießstand. Ich bin dir wirklich dankbar. Aber ich werde ganz sicher nicht mit euch kommen!« Sie umklammerte die gruselige Plüschfigur und trat einen Schritt zurück.

»Du hast sie gehört. Gehen wir, Kazuma.«

»O… Okay …«

Wir ließen Yunyun, die uns den Rücken zugekehrt hatte, stehen.

Mit einem tiefen, einsamen Seufzen und hängenden Schultern trottete sie davon.

Dann blickte sie über ihre Schulter, als hätte jemand an einem ihrer Zöpfe gezogen – und entdeckte uns. Wir gingen nicht weit hinter ihr und aßen eine Art Crêpe, den wir an einem der Stände gekauft hatten.

»Ähm … Warum folgt ihr mir?«

»Ich dachte, ich könnte den vertrauten Anblick deiner Tränen genießen, wenn die Einsamkeit dich übermannt.«

Daraufhin stürzte sich Yunyun auf Megumin.

8

»Yunyun, warum hast du dich immer so für deinen Namen geschämt, obwohl du zum Clan des Roten Dämons gehörst? In der Schule hast du immer alleine gegessen. Ich bin vor dir rumstolziert, während du gegessen hast, weil du dich immer so gefreut hast, wenn du mich herausfordern konntest …«

»Jetzt mal langsam! S… So schlimm war ich auch wieder nicht … Es fühlt sich zwar an, als hätten wir jeden Tag gekämpft, aber nicht weil ich einsam war. Ich hatte Freunde.«

Während wir uns unterhielten, waren wir auf dem Weg zum Stadtrand. Warum? Weil die beiden mitten im Gespräch beschlossen hatten, sich wieder zu duellieren.

Bei Yunyuns Worten erstarrte Megumin mitten im Schritt. »Ich hör wohl nicht richtig. Yunyun und … *Freunde*?«

»W… Was denn? Natürlich hatte ich Freunde! Du kennst sie doch, Megumin. Funifura und Dodonko und alle? Sie haben immer gesagt: ›Wir sind doch Freunde‹, und dann habe ich ihr Mittagessen bezahlt …«

Oh Mann. Ich hab wirklich genug gehört. Im Grunde klang es, als sei dieses Mädchen die einzig geistig Gesunde in einem Dorf voller Irrer gewesen, und das hatte sie zur Außenseiterin gemacht. Was für eine tragische Geschichte …

»Und wie wollen wir uns heute duellieren? Da ich nur ›Explosion‹ anwenden kann, würde ich ein Magieduell gern vermeiden.«

»Gute Frage … Warte mal, wäre es nicht an der Zeit, dass du auch andere Magie lernst? Du hast doch sicherlich einige Skillpunkte verdient, seit wir Kinder waren.«

»Habe ich. Jeden Einzelnen habe ich verwendet, um die Explosionskraft sowie meine Hochgeschwindigkeitszauber zu verbessern …«

»Du Dummkopf! Warum bist du überhaupt so besessen von Explosionen?«

Ja! Sag's ihr, Schwester!

»Aber das ist ein Problem … Wie sollen wir uns dann duellieren …?«

»Wie immer du willst. Ich bin nicht mehr so kindisch, dass ich mich für solche Spielchen interessiere«, erklärte Megumin.

Yunyun konnte über diese gleichgültige Behauptung meiner Freundin nur die Stirn runzeln. »Ach, du bist also nicht kindisch, ja? Ich erinnere mich, wir haben mal einen Wettkampf veranstaltet, wer von uns weiter entwickelt ist. Wenn du kein Kind mehr bist, könnten wir das doch noch mal machen ...«

Es war ein guter Versuch, aber Megumin sprang nicht darauf an. »Nein, das meinte ich nicht mit kindisch. Weißt du, meine Beziehung zu Kazuma hier ist so eng, dass wir sogar schon zusammen gebadet haben.«

»Hey! Was soll das? Das kannst du doch nicht einfach rumerzählen!«

Yunyun war feuerrot angelaufen und schnappte nach Luft wie ein Fisch.

»H... Heute überlasse ich dir den Siiiieg!«, rief sie und rannte heulend davon.

Einen Moment lang rührten Megumin und ich uns nicht. Dann zog die kleine Magierin etwas hervor und begann zu schreiben.

Bei genauerer Betrachtung schien sie eine Art Notizbuch in der Hand zu haben. Sie notierte das heutige Datum und machte einen Haken.

»Ein weiterer Sieg.«

»Das nennst du einen Sieg ...?«

Nachdem die weinende Yunyun nicht mehr zu sehen war, beschlossen auch Megumin und ich, nach Hause zu gehen.

»Oh, hallo. Hey, seht euch das an. Einer der Straßenkünstler meinte, er braucht sie nicht mehr und hat sie mir gegeben. Ich glaube, er will zurück in seine Heimat und die Farm seiner Familie übernehmen oder so. Ich hab nicht wirklich aufgepasst. Aber ich schätze, heute ist mein Glückstag!«

Als wir zurückkamen, saß Aqua auf dem Sofa im Wohnzimmer. Vor ihr lagen ein paar Jonglierringe, und sie wirkte sehr selbstzufrieden.

Diese Ringe hatte sie bekommen, indem sie die Träume des Straßenkünstlers zerstört hatte. Ich wollte ihr sagen, dass sie aufhören sollte, anderer Leute Leben zu ruinieren, aber Megumin, die Aqua beim Jonglieren zusah, murmelte niedergeschlagen: »Darkness ist immer noch nicht wieder da. Ich frage mich, ob sie bis heute Abend zurück ist.«

Nein, war sie nicht.

Kapitel 3

Auf dass diese adelige Tochter eine gute Partie macht

1

»Hey, Aqua. Wie oft soll ich das noch sagen? Mach Platz! Da Darkness immer noch nicht zurück ist, können wir auf keine Quest gehen. Ich will an den Blaupausen für das Gerät arbeiten, das ich in Wiz' Laden verkaufen will, also weg da!«

Wie immer hatte Aqua das Sofa vor dem Kamin in Beschlag genommen. Sie warf mir einen eisigen Blick zu. »Was regst du dich so auf? Seit Darkness weg ist, bist du so angespannt ... Weißt du noch, immer wenn Megumin diese Yunyun rausgefordert hat, hat sie gesagt, alles hat seinen Preis. Soll heißen, wenn du willst, dass ich meinen Platz räume, muss du mir schon was bieten, das ich haben will. Wie zum Beispiel ...« Sie hielt inne, als würde sie darüber nachdenken. Dann sagte sie: »Verlangst du nach der Domäne der Göttin, so opfere der Erhabenen den besten Wein, und sogleich erstrahle ihr wärmendes Licht über dem Taugenichts!«

Ich sollte ihr einfach eine verpassen. Dämliche Megumin, ihr so was beizubringen.

»Hör zu, du Noob-Göttin. Wenn du so früh am Morgen schon nach Alkohol verlangen kannst, kannst du dir auch einen Plan einfallen lassen. Warum bin ich eigentlich der Einzige, der hier die ganze Arbeit macht? Ich finde einen Weg, für Alderps Villa aufzukommen, also finde du gefällst einen, um die Flutschäden zu bezahlen. Oder – wenn du auch nur ein bisschen Reue empfindest – mach mir wenigstens Platz.«

»Vielleicht solltest du mal aufhören, mich dauernd zu beleidigen? ›Nutzlose Göttin‹, ›Noob-Göttin‹, was soll das? Wenn du weiter von mir redest, als sei ich ein Vollversager, wirst du vielleicht noch mal ernsthaft bestraft werden. Wer weiß? Vielleicht ist diese ganze Sache mit Fürst Alderp die Rache der Götter, weil du ihnen keinen Respekt entgegenbringst. Wenn *du* ein bisschen Reue empfinden würdest, würdest du sagen: ›Es tut mir leid, oh strahlende Aqua‹, und würdest mir teuren Wein darbieten. Na los, kauf welchen. Ich war…«

»*Stehlen!*« Während sie noch ihren Unsinn von sich gab, hatte ich die Hand in Aquas Richtung ausgestreckt und meinen Skill angewandt.

Mit einem Klirren erschien ihre Börse in meiner Hand.

»Hey, was machst du da, du Dieb? Du Verbrecher! Ich sollte die Polizei rufen. Wenn sie davon erfahren würde, könntest du nie deine Unschuld beweisen. Uwaah, Diebe! Was denn, wolltest du etwa Geld, um den Wein zu kaufen? Ich meinte, kauf ihn von deinem eigenen Ge…«

»*Stehlen!*« Wieder übertönte ich Aqua mit meinem Skill.

Eine ihrer Socken erschien in meiner Hand.

Aqua wackelte drohend mit ihren plötzlich nackten Zehen. »Was soll das denn? Es ist kalt! Gib mir meine Socke wieder, du Widerling. Wenn du sie nicht sofort zurückgibst, ruf ich die Polizei und sage denen, dass ein Perverser an meiner Socke schnüffelt. Kapiert?«

»*Stehlen!*«

Was wollte Aqua denn *damit*? In meiner ausgestreckten Hand lang irgendeine Art Samen.

Sie sah mich peinlich berührt an. »H… Hey, Kazuma deine dummen Streiche sind wirklich nicht lustig. Ich geb ja zu, ich bin vielleicht ein bisschen zu weit gegangen. Ich seh's ja ein. Entschuldigen wir uns einfach und vertragen uns wieder, okay?«

»*Stehlen!*«

Aquas andere Socke erschien in meiner Hand. Ich warf sie auf den Teppich. »Ich werd jetzt etwas Geld verdienen. Gib mir diesen Federmantel – dein ›göttliches Gewand‹ oder wie du das Ding nennst. Ich werd ihn verkaufen. Wenn du nicht willst, dass ich ihn dir vom Leib reiße, geh nach nebenan und zieh dich um ... Wen will ich hier eigentlich verarschen? Darauf lässt du dich nie ein. Ich werd ihn mir einfach schnappen«, drohte ich und stellte mich so, dass sie sah, wie ich meine Finger lockerte.

Aqua verzog das Gesicht. »Was redest du da? Dieser Federmantel macht mich als Gottheit aus – wir können ihn nicht verkaufen! So was Dummes hat noch kein Dummkopf in der Geschichte der Dummheiten vorgeschlagen. Das ist nicht lustig!«

»*Stehlen!*«

»Aaah, Kazumaaa! Lieber Kazuma! Ich hätte nicht so überheblich sein sollen! Das war falsch! Aber hör auf! Bitte hör auf!«

Einige Minuten später saß Aqua auf dem Sofa, hatte das Gesicht an den Knien vergraben und schluchzte. Sie trug ...

Na ja, abgesehen davon, dass die Socken fehlten, dasselbe Outfit wie immer.

»Verdammt. Warum muss mein Glück mich gerade jetzt im Stich lassen? Was willst du überhaupt mit dem ganzen Schrott?«

Zu meinen Füßen türmte sich nutzloses Zeug. Samen, Becher, Glasperlen ... Benutzte sie die alle für ihre Partytricks? Es sah aus, als hätte ein Kleinkind seine Taschen auf den Teppich geleert.

Mist. Dank Aqua und dem ganzen Müll, den sie mit sich herumschleppte, hatte ich mehr Magie verbrannt als geplant.

»Seid ihr so früh schon am Streiten? Was ist denn los?« Megumin, die angezogen war, als wollte sie auf eine Quest, kam rein und sah, wie ich vor der weinenden Aqua stand.

»*Hicks* ... Kazuma ... Er hat gesagt, er würde meine ... meine Kleider verkaufen, um unsere Schulden zu bezahlen! Er hat versucht, sie mir ... mir wegzunehmen!«

»H... Hey, jetzt sei endlich still! Willst du, dass die Leute auf die falsche Idee kommen?! E... Es tut mir leid. Ich entschuldige mich auch – also sieh mich nicht so an, Megumin! Ich wollte nur ihre Ausrüstung verkaufen!«

Aqua weinte und Megumin funkelte mich an – es war also ein ganz normaler Morgen.

»E... Es ist schlimm! Kazuma, es ist schrecklich!«

Der Frieden wurde zerstört, als eine wunderschöne junge Frau hereingestürmt kam.

Sie trug ein teuer aussehendes weißes Kleid – der Inbegriff der Reinheit – und weiße Pumps. Ihr bezauberndes langes blondes Haar war zu einem Zopf geflochten, der ihr über die Schulter fiel. Sie sah aus wie die Tochter eines Adeligen, die von zu Hause abgehauen war.

Doch so unschuldig ihre Kleidung auch wirkte, sie konnte die erotische Ausstrahlung ihres Körpers nicht verbergen. Aber ich hatte sie noch nie zuvor gesehen. Woher kannte sie meinen Namen?

»Wer bist du ...?«

»Hrr ...! Hrk! Kazuma! Jetzt ist nicht die Zeit für Spielchen! Ich hab ja nichts dagegen, aber bitte nicht jetzt, okay?«

Der Unsinn, den diese wunderschöne Frau von sich gab, während ihre Wangen sich röteten, löste das Rätsel. »Mann, Darkness, bist du das? Wir haben uns solche Sorgen gemacht!

Endlich bist du wieder da!«

Meine Worte lenkten Aqua lange genug von ihrem Schluchzen ab, um zu brüllen: »Waaah! Darkness! Kazuma! Kazuma, er … er hat versucht, mich auszuziehen! Er wollte meinen wertvollsten Besitz verkaufen …«

»Ich hab doch gesagt, du sollst es nicht so darstellen! Was sollen denn die Leute denken?!«

Während Aqua und ich stritten, wandte sich Megumin an unsere Paladin: »Schön, dass du wieder da bist, Darkness. Ich werd auch nicht fragen, was passiert ist. Nimm erst mal ein schönes Bad. Das entspannt Körper und Geist.«

»E… Ein Bad? Was in aller Welt redest du da, Megumin? Und wovon redet *Aqua* da? Dieses Rollenspiel hört sich ziemlich interessant …«, murmelte Darkness, die Aqua und mir verstohlene Blicke zuwarf.

»Du musst müde sein«, sagte ich. »Ruh dich heute einfach aus. Wir sind nur froh, dass wir dich wiederhaben. Nimm ein heißes Bad und heul dich richtig aus.«

»Würde mir jemand *bitte* erklären, was hier los ist? Warum denkt ihr alle, dass mir zum Heulen zumute ist? Und warum soll ich baden …? Was denn, Aqua? Warum ziehst du an meinem Ärmel?«

Aquas Tränen waren getrocknet, und sie zupfte an dem weißen Kleid, als wollte sie herausfinden, woraus es gemacht war. »Dieses Kleid ist ohne Zweifel hochklassig. Definitiv etwas, das ein Fürst als Entschädigung verschenken würde.«

»Darkness«, sagte ich ernst, »das hast du wirklich gut gemacht. Was du alles durchgemacht hast, um mich zu retten …«

»Spinner! Ich weiß nicht, was ihr alle denkt. Fürst Alderp hat nichts Ungebührliches getan und das Kleid ist *meins*. Was denn, dachtet ihr, ich könnte nicht nach Hause kommen, weil Fürst Alderp sich die ganze Zeit an mir vergangen hat?!«

»Natürlich haben wir das! Wir dachten, du würdest in ernsten Schwierigkeiten stecken. Aber warte mal ... Wenn das Kleid nicht von ihm ist, woher hast du so was Kostbares dann? Du hast gesagt, es ist deins. Machst du Prinzessinnen-Cosplay? Versuchst du, ein neues Genre zu etablieren?«

»Nein! D... Das ist kein Cosplay! Tut mir leid, dass ihr euch Sorgen gemacht habt. Dieser Fürst hat nicht den Mumm, mich anzurühren. Aber das ist jetzt unwichtig. Seht euch das an!« Darkness hielt mir eine Art Bilderrahmen hin.

Na ja, weniger einen Rahmen ...

»Was ist das? Hm? Wer ist denn der Schönling? Oh, ich hasse Typen wie den!« Unbewusst streckte ich die Hand nach dem gutaussehenden Kerl aus und ... *ritsch* ...

»Ey! Was machst du denn?! Das ist ein Heiratsvermittlungsfoto! Wenn du das machst, kann ich das Treffen nicht mehr ablehnen!«

Hä?!

»Was?! Tut mir leid! Meine Hand hat sich irgendwie von ganz allein bewegt ... Warte, *Heiratsvermittlung*?« Ich starrte sie fassungslos an und hielt immer noch die Fetzen in der Hand.

»Ja! Dieser durchtriebene Alderp! Ich habe gesagt, ich tue, was er verlangt, weil ich wusste, mein Vater würde niemals zulassen, dass er etwas Unrechtes mit mir macht«, knurrte sie.

»Halt, langsam. Noch mal von vorn. Wer ist dieser Typ? Und ich würde sagen, dich zu zwingen, jemanden gegen deinen Willen zu heiraten, ist ziemlich unrecht. Wie stehen Fürst Alderp und der Typ auf dem Foto zueinander? Und wenn du ihn so sehr hasst, warum lehnt dein Vater dann nicht einfach ab? Hier, ich repariere den Riss. Aqua, könntest du mir ein bisschen Reisbrei bringen?«

»Klar doch.«

Nachdem Aqua gegangen war, führte ich Darkness, die den Tränen nah war, zum Sofa, um sie zu beruhigen.

»Das ist ein Foto von Alderps Sohn. Der alte Hund, er wusste genau, dass er nie damit durchkommt, mich selbst zu heiraten. Aber mein Vater hat eine hohe Meinung von seinem Sohn. Niemand könnte diese Hochzeit mehr befürworten. Auch wenn ich nicht verstehe, warum Fürst Alderp seinen Sohn an mich verheiraten wollen sollte ...« Darkness setzte sich und betrachtete das Chaos auf dem Couchtisch.

Aqua kam mit dem Reisbrei zurück, setzte sich neben Darkness und machte sich daran, das Foto zu kleben.

Auf der anderen Hälfte des Tisches lagen die Blaupausen, an denen ich gearbeitet hatte. Darkness hob sie auf und fragte neugierig: »Was ist das? Das ist ja ein seltsames Teil. Was soll das sein?«

Megumin, die im Flur ihre Stiefel anzog, erklärte: »Während du weg warst, haben wir uns ein paar Wege einfallen lassen, um an Geld zu kommen. Kazuma hat dieses nützliche Gerät entworfen. Er will es in Wiz' Laden anbieten.«

»Ach? Na, du hattest ja schon immer viel Glück, Kazuma. Ich bin sicher, es wird sich gut verkaufen.«

»Ja, na ja, in letzter Zeit hab ich starke Zweifel an der Sache mit dem großen Glück. Wenn ich wirklich so viel Glück hätte, müsste ich dann nicht nützlichere Partymitglieder haben? Wäre ich dann unter einem Schuldenberg begraben und würde in jeden Streit verwickelt? Hätte ich dann nicht ein besseres Leben?«

Alle drei zuckten zusammen.

»I... Ich werde zwangsverheiratet, weil ich dich gedeckt habe! Und nicht weil ich wollte, dass du in meiner Schuld stehst, sondern weil ich daran glaube, dass Partymitglieder einander helfen sollten!

Ich weiß, ich mache dir normalerweise viele Schwierigkeiten, aber es ist für mich selbstverständlich, dir zu helfen!« Eine einzelne Schweißperle rann über Darkness' Wange.

»U... Und ich treffe mich jetzt mit Yunyun. Und ja, wir wollen tatsächlich überlegen, wie wir deinen Namen reinwaschen können, Kazuma!«, erklärte Megumin, die uns nicht ansehen konnte.

Deshalb hatte sie sich also angezogen, um rauszugehen.

»Tja, wie's scheint, ist Kazuma bei euch in guten Händen, also werd ich wohl das Klo putzen oder so was. Ich hab das Gefühl, das hat es nötig. Steht nicht auf, ich mach schon.« Und damit unterbrach unsere Klo-Göttin die Reparatur des Fotos und floh praktisch aus dem Zimmer, um die Toilette zu schrubben.

Als alle im Aufbruch begriffen waren, wedelte Darkness aufgeregt mit den Händen, um uns aufzuhalten, und sagte den Tränen nah: »W... Was soll ich nur tun? Ich ... ich war die ganze Zeit unterwegs, weil ich nach einer Möglichkeit gesucht habe, diese Hochzeit zu verhindern, aber die Vorbereitungen schreiten immer weiter voran. Ich bin heute hergekommen, weil ... weil das Treffen heute Nachmittag ist. Mir läuft die Zeit weg. Es tut mir wirklich leid, aber könnte einer von euch vielleicht mitkommen und mit meinem Vater reden?«

2

»Damit ich das richtig verstehe ... Dein Vater will, dass du das gefährliche Abenteuern aufgibst, und nutzt jede Gelegenheit, um dich zu verkuppeln. Aber du willst noch nicht heiraten und hast bisher alle Kandidaten abgelehnt«, fasste Megumin, die mit ihren Stiefeln im Flur stand, zusammen.

Am Tisch versuchte Aqua wieder, das Bild zu reparieren. Da ich es kaputt gemacht hatte, hatte ich es selbst reparieren wollen, aber sie schien so viel Spaß zu haben – und stellte sich auch noch sehr geschickt an. Also überließ ich es ihr. Sie hatte wirklich viele seltsame Talente …

»Mh-hm, das stimmt. Ganz ehrlich, mir gefällt unser Leben, wie es ist. Wenn wir so weitermachen, werde ich bekannter, und dann wird mich eines Tages vielleicht ein böser Zauberer oder ein Handlanger des Dämonenkönigs bemerken und mich zu seiner hilflosen Gefangenen machen und schreckliche Dinge mit mir tun. Ich bin sicher, ihm würden grauenhafte Dinge einfallen. Er würde mich in Ketten und Fesseln legen und mich höchst undamenhaft behandeln … N… Neiiin! Niiiiicht!«

»Vielleicht solltest du doch besser heiraten.« Ich trat einen Schritt von Darkness zurück, die sich so in ihre Fantasie hineingesteigert hatte, dass sie rot angelaufen war und schwitzte.

Megumin wirbelte ihren Stab herum und meinte: »Verstehe. Normalerweise werden diese Treffen von deinem Vater arrangiert, und du kannst sie ablehnen. Aber dieses Mal hast du gesagt, du würdest alles machen, was Fürst Alderp wünscht, und als hiesigem Herrscher kannst du ihm das nicht abschlagen. Aber warum sollte er über solche Umwege versuchen, an dich ranzukommen? Und warum will er dich an seinen Sohn verheiraten? Jemand von seinem Stand könnte dich doch auch gegen deinen Willen als Konkubine nehmen, wenn er denn wirklich wollte.«

Darkness blickte zu Boden. Sie hatte die Hände vor der Brust verschränkt und spielte mit ihren Daumen, bevor sie antwortete: »Mein … mein richtiger Name ist Lalatina Ford Dustiness. Ich bin die Tochter eines … eines sehr angesehenen Adelsgeschlechts.«

»*Was?!*«, entfuhr es uns allen.

Ein verletzter Ausdruck huschte über Darkness' Gesicht, als sie unsere Überraschung hörte. Sie wirkte plötzlich schrecklich einsam. Vermutlich waren wir nicht die Ersten, die so auf ihren Namen reagierten.

»Dustiness ... Wie in den Dustinesses, die quasi das ganze Land regieren?! Die sind nicht einfach ›angesehen‹, die sind mächtig! Und die haben ihren Sitz hier in der Stadt?!«

Darkness antwortete leise auf Megumins Ausbruch. »Ja ...«

Aqua setzte nach: »Was?! Heißt das, wenn deine Familie mich adoptieren würde, könnte ich jeden Tag im Luxus schwelgen?«

Darkness, die mit diesem Gedankensprung offensichtlich nicht gerechnet hatte, sagte zögerlich: »J... Ja ... Aber warte. Meine Familie will gerade niemanden adoptieren.«

Ich dagegen stürzte mich gleich auf den wichtigsten Punkt. »Darkness ... Die ganze Zeit ziehst du diese ernste Ritternummer durch, dabei hast du einen so niedlichen Namen wie Lalatina?!«

»N... Nenn mich nicht so!«, rief Lalatina. Ihr Gesicht war gerötet, und Tränen schimmerten in ihren Augen.

Megumin löste sich endlich aus ihrer Schockstarre und sank auf den Teppich im Flur. »Puh. Das war echt eine Überraschung. Aber Darkness ist und bleibt Darkness. Und für mich bedeutet das eine extrem starke Paladin und gute Freundin. Nicht mehr und nicht weniger.«

Diese Worte schienen Darkness ein wenig aufzuheitern. »Genau ... Wir schaffen das zusammen«, sagte sie und brachte ein erleichtertes Lächeln zustande.

Aqua sah die beiden strahlen und deutete auf sich. »Hey, kann ich auch was Schockierendes offenbaren? Ich weiß, das letzte Mal habt ihr mir nicht geglaubt, aber ... ich bin wirklich eine Göttin!«

»Ach ja?«, erwiderten wir. »Schön für dich.«

»Bitte glaubt mir doooch!« Schniefend machte sich Aqua wieder an die Reparatur des Fotos.

Während ich die drei so beobachtete, dachte ich bei mir: *Plötzlich ergibt so einiges viel mehr Sinn.* Das erklärte, warum Darkness anscheinend weniger über diese Welt wusste als ich. Und das, obwohl ich aus Japan kam. Und es erklärte auch, warum sie heute in diesem seltsamen Aufzug erschienen war.

Vielleicht war Fürst Alderps Versuch, Darkness mit seinem Sohn zu verheiraten, ein strategischer Zug. Wenn er sie schon nicht selbst haben konnte, konnte er sie so wenigstens in seine Familie holen.

Wenn wir nichts unternahmen, würde unser geliebte Paladin als jemandes Braut enden.

Unsere geliebte ... Hmm? Hmm?

»Wir brauchen also das hier und müssen deinen Vater überzeugen, ja? Hier. Was denkst du? So gut wie neu!«

Meine Gedanken wurden von Aqua unterbrochen, die mir selbstzufrieden das Foto hinhielt. Sie hatte es so sorgfältig repariert, dass man den Schaden nicht mal mehr erahnen konnte.

Moment mal. Darkness würde heiraten. Die Paladin, die kein Scheunentor treffen konnte, würde also unsere Party verlassen. Und hieß es nicht immer, Hochzeiten seien ein freudiges Ereignis? Es war ja nicht so, dass wir jemanden aus unserer Party warfen, auch wenn sie ziemlich nutzlos war. Und es war auch nicht so, dass ich Darkness nicht mochte. Ja, sie konnte ziemlich seltsam sein, aber sie war kein schlechter Mensch. Nur wer konnte schon sagen, was aus unserer Party werden würde. War es da wirklich fair, die Tochter eines Adelshauses zu einem Abenteurerleben mit uns zu verdammen?

Mit Sicherheit nicht.

Wenn Darkness heiraten würde, wäre ihren Eltern eine Last von den Schultern genommen. Und um ehrlich zu sein, auch ich machte mir oft Sorgen um sie. Was würde in dem unwahrscheinlichen Fall passieren, dass wir es doch ins Schloss des Dämonenkönigs schafften? Wir würden in Schwierigkeiten geraten, und sie würde nur allzu bereitwillig sagen: *Denkt nicht an mich! Lauft!*

Zweifellos würde sie sich alle möglichen Dinge ausmalen, die ihr in der Gefangenschaft widerfahren würden, und sie würde fröhlich bitten: *T… Töte mich …*

Kurz gesagt, Heiraten war eine fantastische Idee! Alle wären glücklich.

»Genau … Wir geben das einfach zurück, lassen uns irgendwas einfallen, warum ich ablehnen muss, und entschuldigen uns. Dann müssen wir nur noch meinen Vater überzeugen … Und dafür könnte ich wirklich einen von euch an meiner Seite gebrauchen …«

Darkness, die auf das Foto in meiner Hand blickte, wirkte ein wenig erleichtert.

»*Ich hab's*!«

»*Waaaaas?!*«, schrien die Mädchen, als ich das Foto in der Mitte durchriss.

3

»Okay, ich bin mit Yunyun verabredet und muss los. Kazuma, ich kann nur sagen, ich habe ein ganz ungutes Gefühl bei deinem Plan. Ich hoffe, du weißt, was du tust. Darkness verlässt sich auf dich.« Megumin blickte noch ein paarmal unsicher über ihre Schulter zurück, bevor sie zögerlich das Haus verließ.

Um ehrlich zu sein, war ich ganz froh, dass sie beschäftigt war. Sie war diejenige, die ich am wenigsten allein lassen wollte.

»*Schnüff* … Und ich hatte mir so viel Mühe gegeben, es wieder zusammenzusetzen …« Auf dem Sofa jammerte Aqua über das Heiratsvermittlungsfoto, das sie gerade erst repariert hatte.

Während ich Megumin nachsah, spürte ich, wie sich mir ein eindringlicher Blick in den Rücken bohrte.

Darkness starrte mich mit Tränen in den Augen schweigend an.

Und Aqua tat es ihr gleich.

O… Okay, das macht mir ein bisschen Angst …

»G… Ganz ruhig, ihr zwei. Das wird schon gut gehen.«

Darkness schien sich von meinen Beteuerungen allerdings nicht besänftigen zu lassen. »Und wie genau stellst du dir das vor?«

Ich fasste es für sie und Aqua zusammen. Ich erklärte ihr, warum sie sich auf dieses eine Treffen einlassen sollte, wenn sie das Abenteuern fortsetzen wollte. Es war ein Treffen mit dem Sohn eines Fürsten. Wenn sie es ablehnte, würde ihr Vater nur früher oder später mit einem neuen Kandidaten ankommen.

Was wollte sie tun, ihn immer wieder vertrösten? Früher oder später würde ihm der Geduldsfaden reißen, und er würde versuchen, sie zu etwas zu zwingen. Warum sich also nicht auf dieses Treffen einlassen und dafür sorgen, dass es ordentlich schiefging?

Natürlich nicht so sehr, dass es Schande über Darkness' Familie bringen würde – nur so viel, dass die andere Seite das Interesse verlor. Vielleicht würde ihr Vater dann die weiteren Kandidaten mit ein bisschen mehr Bedacht auswählen. Schließlich wäre es eine Schmach für die Familie, wenn zu viele Interessenten sie abwiesen.

Aqua und ich würden, als Diener verkleidet, ebenfalls am Treffen teilnehmen. Wir würden sicherstellen, dass der Kerl nicht das geringste Interesse an Darkness haben würde, wenn er wieder ging.

Der vermeintliche Zukünftige kam aus der Familie eines Fürsten, den niemand mochte. Es bei diesem Treffen zu versauen, würde die Dustiness-Familie wahrscheinlich weniger hart treffen, als wenn ihr Verehrer aus einem hochangesehenen Haus käme.

Nachdem ich den Mädchen das alles erklärt hatte, meinte Darkness: »D... Das ist es, Kazuma! Wenn dein Plan aufgeht, muss ich mich nicht mehr jedes Mal mit meinem Vater herumstreiten, wenn er einen neuen Kandidaten für mich hat.«

Puh, irgendwie tut er mir leid.

»Hey, das ist eine echt gute Idee! Ich dachte, du würdest so was denken wie: ›Wenn ein schwieriges Mitglied unserer Party verheiratet wird, wäre Platz für ein neues und unser Leben wäre so viel einfacher!‹«

Aquas Worte erschütterten mich. »N... Natürlich nicht! Wir können eine Paladin wie Darkness doch nicht einfach ziehen lassen, oder? Jetzt seht mich nicht so an ... Ich mein's ernst ... mehr oder weniger ...«

4

Das Anwesen der Familie Dustiness stand direkt an der Hauptstraße, ein Zeichen für ihren Status als eine der mächtigsten Adelsfamilien.

Lalatinas – Darkness' – Vater hatte ihre Hände umklammert und rief aufgeregt: »I... Ist das auch wirklich wahr, Lalatina?

Wirst du diese Heirat wirklich in Betracht ziehen?!«

Wir befanden uns in der Stadtvilla der Familie. Wir waren hergekommen, um ihren Vater zu informieren, dass Darkness bereit war, sich mit Alderps Sohn zu treffen.

»Es stimmt, Herr Vater. Deine Lalatina hat eingesehen, dass ich diese Verbindung nicht einfach ausschlagen sollte.«

Als wir sie so reden hörten, steckten wir die Köpfe zusammen.

»H… Hey, Kazuma, hast du das gehört? Sie nennt ihn Herr Vater – wie förmlich!«

»I… Idiot … Ich bin eher überrascht, dass sie von sich selbst als ›deine Lalatina‹ spricht …«

Unsere Schultern zuckten, während wir versuchten, nicht über die Art und Weise, wie dieses reiche Mädchen, »Lalatina«, sprach, zu lachen. Sie errötete und funkelte mich an.

Auch ihrem Vater erschien unser Verhalten verdächtig. »Lalatina, wer sind diese Leute?«

Darkness streckte die Hand in unsere Richtung. »Diese beiden sind meine hochgeschätzten Mitabenteurer. Ich wollte darum bitten, dass sie mich als meine vorübergehenden Diener begleiten dürfen.«

Ihr Vater runzelte unsicher die Stirn. »Hmm. Aber …«

Das war nicht gut. Ich trat einen Schritt vor, legte mir die Hand aufs Herz und richtete mich so gerade auf, wie ich konnte. »Es freut mich, Sie kennenzulernen. Mein Name ist Kazuma Sato. Ich bin ein Abenteurer und habe Fräulein Lalatina, die immer an meiner Seite war, viel zu verdanken. Wenn diese Verbindung zustande kommen sollte, bin ich sicher, dass unser Standesunterschied verhindern wird, dass ich Fräulein Lalatina je wiedersehen werde. Ich verstehe, dass das eine ungewöhnliche Bitte ist, aber vor diesem Hintergrund wäre ich bei diesem

Treffen gern an ihrer Seite, um sicherzugehen, dass ich diesem Mann meine verehrte Kameradin anvertrauen kann.« Ich beendete meine Rede, ohne mich auch nur einmal zu verhaspeln, und verbeugte mich dann tief.

Ich kann schon ziemlich cool sein, wenn ich das mal so sagen darf.

Ich hatte das Gefühl, wenn ich eine Adelige in die Ehe führen könnte, könnte ich so ziemlich alles erreichen.

Darkness und Aqua starrten mich an, als sei mir ein zweiter Kopf gewachsen.

Ein Diener führte uns in den Salon. »Bitte warten Sie hier einen Moment. Wir werden Ihnen angemessene Kleidung heraussuchen.«

Er ließ uns auf einem Sofa Platz nehmen, brachte uns Tee, bat uns, es uns gemütlich zu machen, und ging.

Es konnte kein Zweifel bestehen, dass wir uns im Salon einer Adelsfamilie befanden. Er wirkte bescheiden, es war aber offensichtlich, dass genug Geld in die Einrichtung geflossen war, um die Bedeutsamkeit einer so wichtigen Familie widerzuspiegeln.

Ein paar Minuten saßen wir artig da, aber das wurde schnell langweilig. Ungeduldig tigerte ich im Zimmer auf und ab und betrachtete die Einrichtungsgegenstände. Ich konnte es nicht genau einschätzen, war aber sicher, dass sie alle wertvoll waren.

Dieses Gemälde zum Beispiel. Auf den ersten Blick hätte man es für eine Kinderkritzelei halten können, aber ich war sicher, dass es moderne Kunst war.

Ich betrachtete das Bild, rieb mir das Kinn und machte »Hmm«, um so zu wirken, als würde ich tatsächlich was von Kunst verstehen.

»Kazuma, gefällt dir diese Kritzelei so gut?« Aqua, die absolut nichts von Kunst verstand, fühlte sich genötigt, meine vorgetäuschte Bewunderung zu kritisieren.

»Vom Pöbel kann man wohl nichts anderes erwarten. Das nennt man ›Avantgarde‹ und wenn man sich damit auskennt, ist dieses Bild spektakulär. Ich bin sicher, dass es von einem berühmten Maler sein muss.« Ich gab mein Bestes, den Eindruck zu erwecken, dass ich wusste, wovon ich redete.

Aqua lümmelte auf dem Sofa und schlürfte ihren Tee. »Ich kenn mich auch mit Kunst aus«, protestierte sie, »aber das sieht für mich einfach nur wie Gekritzel aus.«

Ich stöhnte dramatisch über Aquas Ahnungslosigkeit. »Das beweist wohl nur, dass man Kunst nicht verstehen muss, nur weil man in der Lage ist, sie zu erschaffen. Nimm das hier zum Beispiel. Es mag sinnlos aussehen, aber es ist eindeutig ...«

Ich wollte gerade eine improvisierte Lektion vom Stapel lassen, als Darkness hereinkam. »Entschuldigt, dass ihr so lange warten musstet ... Das ist ein Bild von meinem Vater, Kazuma. Das hab ich gemalt, als ich klein war. Papa hat es geliebt und aufgehängt, um vor Gästen damit zu prahlen, aber ich schäme mich dafür, also sieh es dir bitte nicht zu genau an ... W... Was machst du denn? Hör auf, an meinem Zopf zu ziehen!«

Ich hatte die Hand in Darkness Haare gekrallt, um meine Scham zu unterdrücken, während Aqua mich nur dreckig angrinste.

Eine Dienerin platzte in das Chaos und trug unsere Uniformen auf dem Arm. Sie verbeugte sich vor mir. »Herr Kazuma, das ist Ihre Butler-Uniform. Ich denke, sie sollte Ihnen passen, aber bitte probieren Sie sie an.«

Ich nahm der Dienerin die Sachen ab und folgte ihr in ein Nebenzimmer, in dem ich mich umzog. Die Uniform passte perfekt.

»Sieht gut aus.«

Die Dienerin verbeugte sich und zog sich in eine Ecke des Zimmers zurück.

Nachdem ich Darkness' Vater überzeugt hatte, mich als »vorübergehenden Butler« einzustellen, und jetzt auch entsprechend gekleidet war, kehrte ich zu Darkness zurück.

Aqua trug bereits ihre Dienerinnenuniform. Man sagt ja, Kleider machen Leute, und die Uniform stand ihr überraschend gut.

»Hey, Aqua, das steht dir. Du würdest unter den Bediensteten hier gar nicht auffallen.«

»Musst du grade sagen, Kazuma – du schreist geradezu ›Butler-Azubi‹. Ich kann es mir richtig vorstellen: wie die erfahrenen Butler dich drangsalieren und du in einem entlegenen Winkel der Villa heulst. Nicht schlecht, gar nicht mal schlecht!«

»Interessante kleine Geschichte, die du dir da ausgedacht hast. So interessant, dass du eine Abreibung bekommen würdest, wenn wir nicht im Haus einer Adelsfamilie wären ... Aber egal. Bereit, *Fräulein Lalatina*?«

»N... Nenn mich nicht so! Zumindest in der Öffentlichkeit ... Sag einfach Fräulein.«

Darkness schien ihr Name peinlich zu sein.

Offensichtlich sollte das Treffen hier im Haus stattfinden. Und dummerweise hatte Darkness' Vater mir bereits eine Aufgabe zugewiesen. Eine sehr ungünstige Aufgabe. Ich sollte sicherstellen, dass sich seine Tochter dem jungen Mann gegenüber nicht unhöflich verhielt.

Und er hatte noch etwas gesagt, das mich in eine Zwickmühle brachte. Er hatte gesagt, wenn die Verbindung zustande kam, würde es eine Belohnung geben. Ich sollte also nicht nur seine Interessen wahren, er versüßte das Ganze auch noch mit einem finanziellen Anreiz. Dem konnte ich nur schwer widerstehen.

Ich hatte vorgehabt, mich so weit wie möglich einzumischen, sollte sich Alderps Sohn als Tunichtgut herausstellen, aber jetzt dachte ich, dass ich ihm ein paar Schwächen vielleicht durchgehen lassen könnte.

»Okay, kommt, hier lang. Seid ihr bereit? Wisst ihr beide, was ihr zu tun habt? Ich verlass mich auf euch.« Darkness, die sichtlich nervös war, gab uns letzte Anweisungen, dann begaben wir uns in die Eingangshalle, wo wir unseren Gast empfangen würden.

Während sie flankiert von Dustiness-Dienerinnen vorausging, wirkte sie tatsächlich wie eine vornehme Adelstochter.

Unterwegs musterte Aqua die verschiedenen Gegenstände, an denen wir vorbeikamen. »Hey, das sieht ziemlich teuer aus ...« Sie starrte eine Henkelvase an, als hätte sie noch nie eine Vase gesehen.

Andererseits hatte sie das Bild vorhin durchschaut. Vielleicht wusste sie wirklich, was von Wert war.

Ich wurde neugierig auf die Vase, die ihre Aufmerksamkeit erregt hatte, und hob sie an. Sie war überraschend schwer. »Teuer, hm? Was denkst du, was sie wert ist?«

»H... Hey, finger nicht alles an. Das ist die Lieblingsvase meines Vaters ...« Darkness packte die Henkel der Vase, die ich hochgehoben hatte.

»Mein ungetrübter Expertenblick sagt, dass diese Vase ...«

Ping!

»Hm?«

Mit einem hellen Klirren und einem kleinen Aufschrei hatte Darkness nur noch einen Henkel in der Hand.

»Mein Expertenblick sagt, dass die Vase nur noch Schrott ist.«

»W… W… Was machen wir denn jetzt?! Das war die Vase meines Vaters!« Zitternd hielt sie den Griff fest.

»G… Ganz ruhig! Dein Vater ist gerade nicht hier. Es gibt zwei Möglichkeiten. Entweder du sagst es ihm, nachdem der Gast eingetroffen ist. Vor Besuch kann er nicht mit dir schimpfen. Oder wir reparieren sie schnell mit Reisbrei oder so was und stellen sie dann irgendwohin, wo sie runterfällt, wenn dein Vater sie anhebt.«

»J… Ja, das ist genial! Wirklich clever, Kazuma! Wenn wir es ihm vor unserem Gast beichten, wird er einfach nur wütend, sobald der Gast gegangen ist. Reparieren wir sie notdürftig und stellen sie irgendwohin, wo sie leicht umgestoßen werden kann. Ich sage den Dienern, dass sie sie nicht anfassen sollen.«

Eine Dustiness-Dienerin, die unsere Unterhaltung mitgehört hatte, tadelte: »Entschuldigen Sie, mein Herr, aber würden Sie dem jungen Fräulein bitte nicht solche Dinge beibringen?«

5

In der Eingangshalle waren die Diener zu beiden Seiten von Darkness und ihrem Vater aufgereiht. Aqua und ich standen rechts und links von Darkness. Ich fragte mich, wo ihre Mutter war, hatte aber keine Zeit, weiter darüber nachzudenken.

»Ich kann dir gar nicht sagen, wie froh ich bin, dass du diesem Treffen zugestimmt hast. Als Alderp zu mir kam, hatte ich nicht die geringste Ahnung, was er von mir wollen könnte, aber nachdem ich ihn angehört hatte, habe ich ihm versichert, dass du nicht ablehnen würdest. Im Gegensatz zu Alderp ist sein Sohn Balter ein wirklich anständiger junger Mann. Er wird dich glücklich machen, Lalatina.« Darkness' Vater lächelte sie strahlend an.

Doch Darkness antwortete nur trocken: »Ich finde das äußerst befremdlich, Vater. Deine Lalatina hat nur zugestimmt, darüber nachzudenken. Ha ha ha ... Und nachdem ich darüber nachgedacht habe, bin ich zu dem Schluss gekommen, dass ich noch nicht bereit bin, zu heiraten. Jetzt lässt es sich nicht mehr ändern, ich habe diesem Treffen zugestimmt, aber ich habe nie gesagt, dass ich ihn heiraten würde! Ich werde dieses Treffen ruinieren! Ruinieren! Ha ha ha ha!« Offenbar war sie zu dem Schluss gekommen, dass sie sich nicht mehr verstellen musste.

Ihr Vater erbleichte und warf uns einen strengen Blick zu. »S... Sagt mir nicht ... ihr zwei habt ihr geholfen, das zu arrangieren ...« In seinen Augen stand Angst.

Das war gar nicht gut. Darkness war das Blut zu Kopf gestiegen, und wenn sie so weitermachte, würde sie den Familiennamen in den Schmutz ziehen. Sie war wohl zu dem Schluss gekommen, dass wir schon zu tief drinsteckten, um noch einen Rückzieher zu machen.

Aber wenn sie sich nicht mehr verstellte, würde ich das auch nicht. »Fräulein, bitte unterlassen Sie solche unangebrachten Äußerungen.«

Darkness und ihr Vater starrten mich ungläubig an.

Aqua, die wohl Gefallen an ihrer Uniform gefunden hatte, spielte fröhlich mit dem Saum und schien nicht mitzubekommen, was um sie herum vorging.

Darkness dagegen verstand es nur zu gut und verzog das Gesicht. Ihr Vater wiederum sah mich mit Tränen in den Augen an, als sei ich ein Engel.

»Kazuma, du ... du Verräter!«

»Sie können das kaum Verrat nennen, junges Fräulein. Wenn auch nur vorübergehend, ich bin ein Diener der Familie Dustiness.

Ich möchte nur, was das Beste für Sie ist.«

»Oho …«, rief ihr Vater anerkennend. »Kazuma – so heißt du doch, richtig? Auch wenn dieses Treffen nicht zu einer Verbindung führt, werde ich … Wenn du mir nur hilfst, Darkness davon abzuhalten, etwas Unerhörtes zu tun, wirst du großzügig entlohnt werden! Also b… bitte …«

Noch bevor er seinen letzten Gedanken aussprechen konnte, verbeugte ich mich tief. »Überlassen Sie das nur mir. Ich werde keine Mühen scheuen, um das junge Fräulein …«

Und dann passierte es. Die Eingangstür öffnete sich, und da stand der junge Mann von dem Foto, begleitet von seiner eigenen Entourage.

Darkness, die die Gelegenheit beim Schopfe packen wollte, verschränkte die Arme, funkelte den armen Kerl an und platzte heraus: »Du bist also der, den ich treffen soll, ja? Ich bin Lalatina Ford Dustiness. Du kannst mich Gebieterin Dustiness nennen.«

»Oh, junges Fräulein, ich fürchte, eine Mücke ist auf Ihrem Hinterkopf gelandet.« Ich verpasste ihr eine ordentliche Kopfnuss.

6

Nachdem ich Darkness gebremst hatte, schob ich sie unter dem Vorwand, sicherstellen zu wollen, dass die Mücke sie nicht gestochen hatte, in einen anderen Raum, sodass der Kerl allein mit ihrem Vater sprechen musste.

»Ey, was soll das werden?! Wolltest du mir nicht helfen?!« Darkness hatte mich am Kragen gepackt und schleifte mich in den Flur.

Aqua, die immer noch nicht ganz begriffen zu haben schien, was vor sich ging, hatte anscheinend eine Vorliebe für Darkness' Haar entwickelt und streichelte es.

Zeit für mich, zum Gegenschlag anzusetzen. »Beruhigen Sie sich doch, junges Fräulein. Sie vergessen eine wichtige Tatsache.«

»Nenn mich nicht junges Fräulein, wenn wir unter uns sind! Und was soll das bitte sein?« Darkness wirkte ein wenig ruhiger und bereit, zuzuhören.

»Du vergisst, dass du nichts unternehmen willst, um den Familiennamen zu beschmutzen. Wenn der Ruf der Dustinesses Schaden nimmt, leidest du am meisten darunter, oder nicht?«

Darkness runzelte die Stirn. »Wie würde ich darunter leiden? Je schlechter mein Ruf ist, desto weniger Verehrer habe ich und kann weiter auf Abenteuer gehen, wie ich es will. Das Schlimmste, was passieren kann, ist, dass mein Vater mich enterbt, und darauf bin ich vorbereitet. Wenn ich keinen Titel mehr habe, den ich erben kann, muss ich umso tapferer ums Überleben kämpfen – und vielleicht sogar die wirklich verrückten Quests annehmen! Und irgendwann wird eine so irrsinnig sein, dass ich ihr nicht gewachsen bin, und dann wird mich einer der Schergen des Dämonenkönigs gefangen nehmen, mich fesseln und ... Das ist das Leben, das ich führen will!«

Das junge Fräulein hatte ihre Zukunftsträume verkündet, aber sie war noch nicht fertig. »Der ist nicht mal mein Typ. Mein Vater hat noch nie einen annehmbaren Kandidaten angeschleppt.«

Ich sah sie verwundert an. Mir war er wie ein guter Fang erschienen. »Bist du dir sicher, dass er wirklich so schlimm ist? Dein Vater klang, als sei er ein toller Kerl. Und ich kann vielleicht nur nach dem Äußeren gehen, aber ...«

»Sein Name ist Balter Barnes Alexei«, antwortete sie. »Er ist ein cooler Junge, der aus besserem Holz geschnitzt zu sein scheint als sein Vater, und er ist überall hoch angesehen.«

Das entlockte endlich auch Aqua eine Reaktion. »Balter von der Familie Alexei hat auch in Axel einen guten Ruf. Er spendet oft für die Armen. Auch ich habe schon oft von seiner Großzügigkeit profitiert.«

D... Du ...!

Darkness' Miene verfinsterte sich. »Nein heißt Nein! Der spendet doch nur, um vor meinem Vater gut dazustehen, damit er in unsere Familie einheiraten kann!«

»Oh, du meinst also ... Verstehe. Er gibt sich also nur als Gutmensch aus, ist aber eigentlich in finstere Machenschaften verwickelt? T... Tut mir leid, das war mir nicht ...« Ich hätte wissen sollen, dass ich den Kerl nicht zu voreilig akzeptieren sollte. Irgendwie bereute ich es.

Aber Darkness fuhr fort: »Nein. Er soll wirklich ein guter Kerl sein. Er wird nie wütend, tadelt die Diener nicht, wenn sie Fehler gemacht haben, sondern versucht herauszufinden, was passiert ist ... Es ist so ... so *seltsam*!«

Er klingt echt nett.

»Außerdem arbeitet er sehr hart – er studiert fleißig, damit er den Leuten noch besser helfen kann. Er ist klug und so geschickt mit dem Schwert, dass er der jüngste Mensch war, der je zum Ritter geschlagen wurde. Es wird absolut nichts Schlechtes über ihn gesagt – er ist der Inbegriff der Perfektion. Er spricht sich gegen die schlechte Führung seines Vaters aus und versucht, die Dinge zu verändern.«

»Hey«, schaltete sich Aqua ein. »Nach allem, was du bisher gesagt hast, klingt es, als sei er ein wirklich guter Fang, Darkness.

Was magst du an ihm nicht?«

»Was ich nicht an ihm mag? Alles! Erstens mal sollten sich Adelige auch wie Adelige verhalten und immer herablassend sein. Aber er, er sieht mich mit diesen aufrichtigen Augen an – was *soll* das? Kann er mich nicht ... Ihr wisst schon ... mit so einem widerlich anzüglichen Blick ansehen, wie Kazuma, wenn ich leicht bekleidet durchs Haus laufe?«

»W... W... Was? S... S... So seh ich dich gar nicht an!«

Darkness überging meinen fragwürdigen Protest einfach. »Und dass er nicht wütend wird, wenn seine Bediensteten einen Fehler machen? Lächerlich! Wenn eine Dienerin einen Fehler macht, macht man mit ihr, was immer man will, und nennt es Bestrafung – das gehört in der Elite quasi zum guten Ton! Er versteht gar nichts! Seine Diener machen wahrscheinlich absichtlich Fehler, weil sie *wollen*, dass er sie anschreit. Wer sich Adeliger schimpft, sollte wenigstens die Dreistigkeit besitzen, mit jeder Dienerin zu schlafen!«

»Ich bin ziemlich sicher, dass du die Einzige bist, die so denkt.«

Darkness ignorierte meinen Einwand – ihre Fäuste waren geballt, als hätte sie endgültig genug, aber ihre Hasstirade ging ungebremst weiter. »Der Typ könnte es wahrscheinlich ganz allein mit der ganzen Welt aufnehmen – darauf steh ich gar nicht! Mir egal, ob er spindeldürr oder breit wie ein Schrank ist, er sollte einfach nicht so unverschämt gut aussehen. Ich will, dass er mir total ergeben ist – aber er sollte so willensschwach sein, dass er jedem jungen Ding, das vorbeikommt, hinterherspannt. Außerdem muss er pervers und rund um die Uhr scharf sein – das ist ein absolutes Muss! Es würde auch nicht schaden, wenn er ein paar Schulden hätte. Und er sollte nie arbeiten, sondern den ganzen Tag nur trinken – aber die Gesellschaft für seine Probleme verantwortlich machen. Und dann wirft er eine Flasche nach mir und schreit: ›Hey, Darkness! Setz deinen nutzlosen Hintern ein und beschaff uns ein bisschen Kohle!‹ Nnggh …« Sie zitterte und war so tiefrot angelaufen, dass sie nicht weitersprechen konnte.

Verdammt! Diesem Mädchen ist echt nicht mehr zu helfen! Ich bin zu spät.

Aqua und ich standen völlig verzweifelt da, als plötzlich …

»Schluss!«, rief Darkness. »Ich werde dieses Treffen selbst ruinieren! Wenn du versuchen willst, mich aufzuhalten, Kazuma, mach dich bereit, die Konsequenzen zu tragen!« Wutschnaubend verließ sie den Raum.

Aqua und ich standen noch einen Moment schweigend da.

Schließlich sagte Aqua angespannt: »Kazuma, was genau hast du vor?«

»Du hast das Gesicht ihres Vaters gesehen«, erwiderte ich. »Dieser Mann ist aufrichtig besorgt um die Zukunft seiner Tochter. Und du hast gehört, was sie über den Ruf dieses Kerls gesagt hat. Es geht hier nicht um eine politische Ehe – wir reden hier von einem Vater, der aufrichtig will, dass seine Tochter glücklich wird.«

»Na und?«, schoss Aqua zurück. »Das gibt ihm immer noch nicht das Recht, Entscheidungen für sie zu …«

Aber ich ließ sie nicht ausreden. »Darkness ist adelig. Ich vermute, es ist üblich für Adelige, nicht selbst zu entscheiden, wen sie heiraten. Wenn man in den Adel hineingeboren wird, wächst man im Luxus auf und erhält die beste Erziehung – nicht dass man davon bei Darkness viel merken würde –, aber im Gegenzug dafür, von Steuergeldern zu leben, hat man eben nicht so viele Freiheiten wie der Normalbürger. Jeder Stand hat seine Vor- und Nachteile. Bürgerliche haben Freiheit, aber kein Geld. Adelige haben Geld, aber keine Freiheit. Im Reichtum aufzuwachsen und dann auch noch sein Leben selbst bestimmen zu wollen? Das ist einfach nur selbstsüchtig. Wenn überhaupt, bin ich beeindruckt, dass sie damit so lange durchgekommen ist. Und jetzt soll sie einen Typen heiraten, der absolut keine Makel hat! Niemand würde hören wollen, dass sie ihn einfach so ablehnt.«

Aber egal wie sehr ich auf sie einredete, Aqua schien einfach nicht überzeugt zu sein. »Aber ... ist das nicht trotzdem zu viel verlangt?«

»Das ist nicht der einzige Grund ...«

Aqua erstarrte.

»Was?« Ich beugte mich mit ernstem Gesicht zu ihr. »Aqua, unser Ziel ist, den Dämonenkönig zu besiegen und zur Erde zurückzukommen, richtig? Und was will Darkness?«

Auch Aqua lehnte sich vor, wirkte aber leicht verunsichert, als sei sie sich nicht sicher, ob ich die Frage ernst meinte. »Ähm ... Ich weiß nicht ... Nicht heiraten und mit uns auf Abenteuer gehen ...?«

Während sie noch mit einer Antwort rang, schrie ich sie an: »Falsch! Ich frage nicht, was sie oberflächlich betrachtet will. Du weißt, wovon ich rede – sag es! Kein Grund, sich zu schämen, sag es einfach. Ich will dein Gesicht sehen, wenn du versuchst, es in Worte zu fassen!«

»Sie will, dass superstarke Monster sie überwältigen und perverses Zeug mit ihr anstellen. K... Kazuma, ich glaube, das hier grenzt schon an sexuelle Belästigung ...«

Sie war den Tränen nah, aber ich ließ nicht locker. »Nein, tut es nicht! Hör mal, du magst ja schon ein Idiot sein, aber sie ist ein absoluter *Vollidiot*, dem nicht mehr zu helfen ist. Ihr Traum ist es, von Monstern entführt und gefoltert zu werden? Irrsinn!

Versuch mal, *das* ihrem Vater klarzumachen – wenn du dich traust! ›Entschuldigung, aber Ihre Tochter träumt davon, von Monstern missbraucht zu werden. Bitte sagen Sie die Hochzeit ab, damit sie sich ihre Träume erfüllen kann.‹ Nur zu, erklär ihm das!«

»Tut mir leid! Das … das kann ich nicht!« Kaum hatte sie sich entschuldigt, als sie zögerlich fragte: »A… Aber heißt das, du denkst, diesen Typen zu heiraten, ist das Richtige für sie? Ich mein, Darkness scheint ihren ganz eigenen Typ zu haben und so …«

»Sei nicht albern! Dann kann sie eben nicht ihren Traumtyp heiraten. Buhu! Hast du gehört, wie sie diesen ›Typ‹ beschrieben hat? Stell dir nur mal vor, sie würde tatsächlich einen solchen Kerl finden und ihn mit nach Hause bringen. Hör zu. Wir ziehen das mit diesem Balter durch. Er wirkt wie ein guter Kerl, also riskieren wir es mit ihm. Darkness wird sicher was Dummes versuchen, also müssen wir sie an der kurzen Leine halten. Es klingt, als sei Balter sehr viel netter als sein Vater. Wenn sie verheiratet sind, würde er sie bestimmt hin und wieder auf ein Abenteuer gehen lassen. Also, Papa ist glücklich, ich bin glücklich, Darkness stürzt sich nicht mehr in all diese gefährlichen Abenteuer und, das Allerbeste, wir werden einen der drei Problemfälle in unserer Party los.« Ich reckte die Faust in die Luft und richtete mich auf.

»Außerdem kann man ohnehin nicht sein ganzes Leben als Abenteurer verbringen. Es ist ein schrecklicher Job – man sollte zusehen, dass man rauskommt, wenn sich die Chance bietet. Himmel, ich denke ständig drüber nach, auszusteigen! Seien wir doch mal ehrlich, Darkness ist ein Idiot. Wenn es nur darum ginge, dass sie eine Abenteurerin sein will, klar, das wäre toll.

Ich würde sie sogar noch ermutigen! Aber noch mal, sie ist ein *Idiot.* Es ist vielleicht nicht ganz richtig, sich in anderer Leute Familienangelegenheiten einzumischen, aber unser Ziel hier ist, Darkness unter die Haube zu bringen! Und wenn das nicht funktioniert, bleibt uns immer noch Plan B: den Namen Dustiness zu schützen, damit sie später an jemand anderen verheiratet werden kann!«

»Hey, warte mal! Du hast meine Frage nicht beantwortet!«

7

»Bitte entschuldigen Sie, dass wir Sie haben warten lassen.«

»Entschuldigung.«

Als Aqua und ich hereinkamen, unterhielten sich Balter und Darkness' Vater. Wir stellten uns neben Darkness, die uns böse anfunkelte.

»Ich verstehe deinen Standpunkt, Kazuma«, sagte Aqua. »Ich wünschte wirklich, Darkness könnte jemanden heiraten, den sie liebt, und glücklich werden, aber das könnte schwierig werden.«

»Ich bin froh, dass du's verstehst. Also, du kannst tun, was du willst, aber ich werde zusehen, dass dieser Kerl am Ende des Treffens bis über beide Ohren in Darkness verliebt ist.«

Ich wusste nicht, ob Darkness hören konnte, was wir untereinander flüsterten, aber sie zischte mir zu: »Wenn du jetzt aufhörst, werde ich dich für nichts hiervon verantwortlich machen. Andernfalls wirst du dir wünschen, du seist tot, wenn das hier vorbei ist.«

Oh, oh!

Doch im Moment konnten mich ihre Drohungen nicht schrecken. Schließlich hatte ich einen weitaus mächtigeren Verbündeten, hinter dem ich mich verstecken konnte.

Ganz genau ...

»Herr, ich will nicht unhöflich sein, aber ich glaube, es ist an der Zeit, dass das Treffen zwischen dem jungen Fräulein und Herrn Balter beginnt. Das junge Fräulein ist schon ganz aufgeregt.«

Darkness knirschte mit den Zähnen und warnte mich stumm, kein weiteres Wort zu sagen.

Ihr Vater bemerkte davon natürlich nichts und stimmte mir gut gelaunt zu. Trotz all seiner väterlichen Fürsorge schien er sich nicht weiter darum zu scheren, dass ich seiner Tochter vorhin eine Kopfnuss verpasst hatte, um sie zum Schweigen zu bringen. Er wirkte sogar irgendwie erleichtert.

Ich wusste also, ich hatte seinen Segen und konnte mich ein bisschen weiter aus dem Fenster lehnen.

»In Ordnung, Herr Balter, Lalatina«, sagte ihr Vater, »gehen wir in den Salon.«

Plötzlich stolperte Darkness. »Oh, mein Absatz ist abgebrochen. Herr Balter, würden Sie mir behilflich sein?« Sie streckte die Hand nach Balter aus.

Zumindest ihr Tonfall war freundlich, vielleicht um einer weiteren Kopfnuss von mir zu entgehen. Trotzdem schrillten Alarmglocken in meinem Kopf. Irgendwas musste sie vorhaben.

Schnell hielt ich ihr meinen Arm hin und sagte: »Zu Ihren Diensten, junges Fräulein. So sehr Sie Herrn Balter auch bewundern, Sie wollen doch nicht schon vor der Verlobung von ihm verlangen, Sie zu stützen. Ich muss mich entschuldigen, Herr Balter. Unser junges Fräulein hat heute einen seltsamen Sinn für Humo... Au au au au, du bri... Sie brechen mir die Hand, junges Fräulein!

Hör ... B... Bitte unterlassen Sie solche Sch... Scherze ...«

Mit Tränen in den Augen schüttelte ich meine Hand aus, die Darkness mir mit aller Kraft zerquetscht hatte.

Verflucht sollte sie sein! Vielleicht hatte sie das auch bei Balter vorgehabt, wenn ich nicht eingeschritten wäre ...

»W... Was ist denn? Geht es dir gut?«, fragte Balter besorgt, als ich mir die Hand hielt und mir die Tränen aus den Augen wischte.

Was für ein lieber Kerl! Bitte, bitte nimm mir diese Irre ab!

»Ehe he he. Es ist nichts, mein Herr. Sollen wir weitergehen?«

Während ich zusah, wie Darkness mit Balter davonging, steckten Aqua und ich die Köpfe zusammen, um »Heilen« über meine Hand zu sprechen.

Darkness' Vater legte entschuldigend die Handflächen zusammen und verbeugte sich leicht.

»Ich habe mich noch gar nicht richtig vorgestellt. Ich bin Balter Barnes Alexei, der älteste Sohn der Alexei-Familie, und unterstütze meinen Vater bei der Regierung.«

Darkness und Balter saßen einander an einem weißen Tisch im Salon gegenüber.

Balter war wirklich charmant. Er war etwa einen Kopf größer als ich und gut gebaut, was man sogar durch seine Kleidung erkennen konnte – wahrscheinlich trainierte er täglich. Und er bedachte meinen Schützling mit einem sanften Lächeln.

Aqua und ich blieben unnatürlich dicht hinter Darkness stehen.

Balter schien das nicht zu entgehen, aber da Darkness' Vater nichts sagte, konnte er es auch nicht ansprechen.

»Ich bin Lalatina Ford Dustiness. Ich werde Ihnen ausschweifende Erklärungen über meine Familie ersparen, da ich sicher bin, dass selbst der Sohn eines nichtsnutzigen Fürsten sehr ge… Autsch!«

Bevor sie ihn weiter beleidigen konnte, lag Darkness plötzlich mit dem Gesicht auf dem Tisch. Ihre Wangen waren gerötet, und sie zitterte leicht.

»W… Was ist denn?«, fragte Balter besorgt.

»N… Nichts … Ich konnte nur den Anblick des jungen H… Hrrgh!«

Wieder lag sie auf dem Tisch. Dieses Mal war sie bis zu den Ohrenspitzen rot angelaufen.

»Dem jungen Fräulein ist schon seit heute Morgen flau. Oh, Darkness, wenn es dir nicht gut geht, solltest du dich nicht überanstrengen!«

»Was? A… Aber das …« Peinlich berührt versuchte Darkness, Aquas improvisierten Einwurf abzutun.

Ich boxte Aqua, deren Bemerkung mehr Schaden als sonst was anrichtete, in die Seite und sagte: »Unser junges Fräulein ist schon den ganzen Tag so aufgeregt, Herrn Balter zu treffen. Sehen Sie sich nur das Gesicht des jungen Fräuleins an! Sie ist ganz rot vor Nervosität.«

»J… Ja, mein Gesicht ist ganz rot … Wie p… peinlich …«

Ich verlagerte mein Gewicht ein wenig mehr auf den Fuß, der unter dem Tisch auf ihrem stand, und flüsterte so leise, dass nur Darkness mich hören konnte: »Hör zu, junges Fräulein. Wenn du nicht mit dem Unsinn aufhörst, trete ich noch fester zu.«

Ich war nicht ganz sicher, ob Darkness mich gehört hatte, aber sie flüsterte atemlos: »Ei… Eine angemessene Belohnung …«

Hach, unser junges Fräulein, immer so zivilisiert.

Ihr Vater schien inzwischen erkannt zu haben, was unter dem Tisch vor sich ging. Er musste die Angewohnheiten seiner Tochter gut kennen, dass er so schnell dahintergekommen war.

Ich hätte ihm zu gern die Meinung gegeigt, weil er seine Tochter so erzogen hatte, aber dafür war jetzt nicht der richtige Moment.

Ihr Vater lenkte das Thema auf Balter, um so davon abzulenken, was sich zwischen Darkness und mir abspielte. »Herr Balter, wie ich gehört habe, wurde Ihre Villa kürzlich zerstört. Wo leben Sie jetzt? Ich bin sicher, wir hätten hier ein Plätzchen für Sie – natürlich nicht im Zimmer meiner Tochter.«

Sein Tonfall klang scherzhaft und Balter spielte mit. »Ha ha ha! Nein, danke. Ich könnte mich wohl kaum zurückhalten, wenn ich mit jemand so Bezauberndem wie Fräulein Lalatina unter einem Dach leben würde ...«

Darkness' Gesicht blieb gerötet, und sie zitterte auch weiterhin leicht, aber ansonsten verlief das Gespräch daraufhin entspannt.

8

Darkness' Vater meinte, dass er die jungen Leute nicht stören wolle, und verabschiedete sich. Im Rausgehen tätschelte er mir die Schulter und flüsterte: »Ich zähle auf dich.«

Jetzt machten Darkness und Balter mit Aqua und mir im Schlepptau einen Spaziergang durch den Garten des Dustiness-Anwesens. Und Mann, war das ein Garten!

Auf dem weitläufigen Gelände gab es einen großen See, und obwohl Winter war, blühten überall bunte Blumen – vielleicht waren sie extra dafür gezüchtet worden oder sie waren einfach extrem widerstandsfähig.

Aqua beobachtete die Fische im See, dann stieß sie einen Pfiff aus und klatschte in die Hände.

Anfangs fragte ich mich, was sie da tat, aber dann erkannte ich, dass die Fische sich um sie versammelt hatten.

Das ist eigentlich ziemlich cool. Ich muss sie später bitten, mir das beizubringen.

»Fräulein Lalatina, haben Sie irgendwelche Hobbys?«

Während wir den See bewunderten, stellte Balter die sinnentleerten Fragen, die bei einem solchen Treffen zu erwarten waren.

»Ach, ich bin schon immer gern auf die Goblinja... Arrrgh!«

Ich rammte Darkness einen Ellbogen in die Rippen, bevor sie sich verplappern konnte.

Balter reagierte mit einem schiefen Lächeln und einem schrägen Blick. Immerhin blieb ich schon den ganzen Tag sehr dicht an Darkness' Seite. »Ihr scheint enge Freunde zu sein.«

Ich stutzte. *Oh Mist!*

Verdammt! Was sollte ich tun, wenn ich zu weit gegangen war und Darkness' Ruf geschadet hatte, statt ihn zu beschützen?

Wie sollten sich zwei Heiratskandidaten denn kennenlernen, wenn ein Butler immer auf Armeslänge dabei war?

Darkness bemerkte, dass ich nach Worten rang, um die Scharte auszuwetzen, und grinste mich verschlagen an.

Oh nein, was hat sie ...?

»Mein Butler Kazuma und ich haben tatsächlich eine enge Beziehung. Wir sind jeden Tag zusammen. Wir essen zusammen, baden zusammen und nachts sch... Hrrr ...!«

Sie gab lauter Unsinn von sich, bis sie plötzlich rot anlief und ihr die Worte im Hals stecken blieben.

Mann, kennt die denn wirklich gar keine Scham?

»Das junge Fräulein liebt es, zu scherzen. Sie hat diese niedliche Angewohnheit, Dinge zu sagen, die andere beschämen.

Ist das nicht süß …? Fräulein Lalatina? Lalatina, was haben Sie, verehrtes Fräulein? Ihr Gesicht ist ganz rot …«

»Hrr … Na … warte … du …« Darkness musste sich die Tränen verbeißen, nachdem sie ihren niedlichen Namen so oft gehört hatte.

Okay, das sollte sie für ein paar Minuten auf Spur halten.

Balter schenkte uns ein leicht gequältes Lächeln. »Ihr beiden habt wirklich eine enge Beziehung. Da könnte ein Mann glatt eifersüchtig werden.«

»Oh, Sie belieben zu scherzen. Wir sind nichts weiter als eine Dame und ihr Butler, die zu Scherzen neigen …«

Auf einmal schnappte Darkness nach Luft und entfernte sich einen Schritt von mir.

Was ist denn?

»Das geht jetzt lange genug! Wann lässt du endlich diese lächerliche Fassade fallen?!«

Und bevor ich sie aufhalten konnte, riss Darkness sich den Saum von ihrem Kleid.

Ihre Oberschenkel wurden entblößt und strahlten eine nicht zu übersehende Erotik aus. Und der Schlitz, den sie in den verbliebenen Rock gerissen hatte, um sich besser bewegen zu können, hatte schon fast etwas Perverses an sich.

Balter wandte schnell den Blick ab, und Darkness keifte: »Du … Balter! Du bist ein Ritter, also kannst du mit dem Schwert umgehen, richtig? Ich bin eine Paladin und du kommst jetzt mit mir zum Trainingsring. Dort wird sich ja zeigen, aus welchem Holz du geschnitzt bist. Und jetzt komm!«

Ich hatte keine Chance, Darkness aufzuhalten. Dieser Ausbruch des Wahnsinns war einfach zu plötzlich gekommen.

»Sieh dir diesen Mann an, Balter! Kazuma, der mich schon die ganze Zeit lüstern betrachtet!«

I… Ich hab gar nicht hingesehen! Nur ganz kurz aus Neugier …

9

»Das Duell ist vorbei, sobald einer von uns aufgibt. Wenn du mich dazu bringst, ›Stopp, genug!‹ – nein, wenn du mir die Worte ›Ich kann nicht mehr!‹ entlocken kannst, werde ich dich heiraten und gehe mit dir, wohin du willst!«

Darkness hatte uns alle zum Trainingsgelände geschleppt. In der Mitte des Rings warf sie Balter ein Holzschwert zu.

Er fing es auf und schwang es mit skeptischem Blick testweise durch die Luft. »Ähm … Fräulein Lalatina, ich bin ein Ritter. Auch wenn das nur eine Übung ist, kann ich das Schwert nicht gegen eine Dame erheben.«

Darkness schien das ganz und gar nicht zu gefallen. »Du dämlicher Idiot! Siehst du Kazuma da drüben? Er brüstet sich damit, sich für die Gleichberechtigung der Geschlechter einzusetzen. Und er hat auch schon Frauen angedroht, dass er nicht davor zurückschrecken würde, sie niederzuschlagen. Du solltest dir mal ein Beispiel an ihm nehmen.«

Balter sah tatsächlich zu mir, aber irgendwie war mir das unangenehm.

Er stieß den Atem aus, als hätte er eine Entscheidung getroffen. »In Ordnung. Um ehrlich zu sein, bin ich in der Absicht hergekommen, die Verbindung auszuschlagen, die mein Vater mir aufzwingen wollte … aber als ich Sie gesehen habe, habe ich meine Meinung geändert. Sie sind so gar nicht wie all die anderen Adelstöchter. Nichts anderes kann man wohl von der Tochter des ›Vertrauten des Königs‹ erwarten. Ihre Worte sind ungekünstelt, aber doch bezaubernd schüchtern. Sie sprechen offen aus, was Sie denken, und behandeln Ihre Bediensteten wie Gleichgestellte. Ich muss zugeben, Sie haben mein Interesse geweckt … En garde, Lalatina!«

Unerwarteter als seine plötzliche Liebesbekundung war nur die Geschwindigkeit, mit der er Darkness angriff. Mit einem schnellen Hieb schlug er Darkness das Schwert aus der Hand. Dann ruhte seine hölzerne Klinge auf ihrer Schulter.

Balter stieß ein kleines Seufzen aus. Er musste der Meinung sein, dass der Kampf damit vorbei sei.

Aber Darkness hob ihre Waffe auf, als sei nichts geschehen. »Okay, jetzt bin ich dran!«

Etwa dreißig Minuten später …

»Reicht das denn immer noch nicht? Hat sich nicht klar gezeigt, wer die Oberhand hat? Wollen Sie nicht endlich aufgeben?«

Balter war bei jedem Angriff der Überlegene gewesen, und doch schien er derjenige zu sein, der mit seinem Latein am Ende war.

Was die reinen Fähigkeiten anging, war Balter eindeutig überlegen. Darkness' Schwert hatte ihn nicht einmal auch nur gestreift, er dagegen hatte mehr als ein paar heftige Treffer gelandet. Einige hatten sogar Blutergüsse hinterlassen.

Doch obwohl sie außer Atem war, funkelten Darkness' Augen entschlossen. Schweißüberströmt und mit geröteten Wangen rief sie: »Was ist denn los? Du musst dich nicht zurückhalten – zeig mir, was du draufhast! Zeig mir deine dominierende Stärke!«

Da er einer solchen Frau nicht gewachsen war, warf er sein Schwert beiseite und hob beide Hände kapitulierend. »Ich gebe auf, Fräulein Lalatina. Ich habe verloren. Ich mag Ihnen in der Schwertkunst überlegen sein, aber mit Ihrer geistigen Stärke kann ich nicht mithalten. Ich kann nicht noch einmal zuschlagen … Sie sind sehr stark.« Balter sah Darkness voller Bewunderung an, dann lächelte er.

Darkness dagegen ließ geschlagen die Schultern hängen. »Was, es ist vorbei? Armselig. Geh trainieren und komm wieder, wenn du weißt, wie man kämpft!«

Daraufhin brach Balter in schallendes Gelächter aus, um dann so leise, dass ich nicht sicher war, ob Darkness ihn hören konnte, zu flüstern: »Ich bin dir wirklich verfallen …«

Jemand, der es nicht besser wusste, hätte das für eine schöne Geschichte halten können. Darkness hatte Balter getrotzt und bewiesen, wie entschlossen sie war. Aber ich wusste, was in ihrem Kopf vorging, und deshalb hatte die Szene auf mich nicht dieselbe Wirkung.

Balter sah Darkness' schwere Atmung und ihre geröteten Wangen wahrscheinlich als Zeichen dafür, dass die Paladin sich anstrengen musste, um den Schmerz zu unterdrücken.

Aqua ging zu Darkness, die immer noch außer Atem war, und heilte ihre Wunden.

Ich seufzte tief. Meine Gefährtin hatte das Schwert aufgehoben, das Balter weggeworfen hatte. »Na los, Kazuma, greif mich an! Zeig Balter deine Gnadenlosigkeit und deinen völligen Mangel an menschlichem Anstand!«

Ich saß am Rand des Trainingsrings und hatte keine Ahnung, was sie von mir wollte, doch sie drückte mir das Schwert in die Hand.

Okay, was *ist hier los?*

Keine Chance. Sie hatte noch dieses Feuer von ihrem Kampf gegen Balter in den Augen – auf keinen Fall würde ich gegen sie antreten.

»Auch ich würde gern den Kampfstil des Mannes sehen, dem Lalatina so vollkommen vertraut«, sagte Balter.

Das musste er jetzt einfach sagen, oder?

»Ooh!«, quietsche Aqua, die Darkness' Wunden geheilt hatte und es wohl kaum erwarten konnte, zu sehen, wie das ausgehen würde.

Mann, was soll das alles?

»Okay, alles klar. Verstehe. Damit hat sich das Verkuppeln wohl erledigt. Aber wenigstens bist du nicht der Typ, der hässliche Gerüchte über das ›junge Fräulein‹ verbreitet.« Jetzt redete ich mit Balter wie mit einem ganz normalen Menschen und stand mit einem Ächzen auf.

»Großartig, Kazuma! Ich wollte schon immer mit dir trainieren! Dieser völlige Mangel an Moral, der dich dazu bringt, einem Mädchen beim ersten Kampf die Unterwäsche zu stehlen – die grausame Cleverness, mit der du die Schwächen deines Gegners ausnutzt! Also, greif mich an und zeig, was du kannst!«

Dass Balter mich bei Darkness' Worten ansah, das gefiel mir ganz und gar nicht. Ich hatte nicht das geringste Bedürfnis, mich an einem so kalten Tag einem so hitzköpfigen Gegner zu stellen.

Ich streckte meine freie Hand aus. »*Wasser erschaffen!*«

Flüssigkeit ergoss sich über Darkness' Kopf.

»Wa…?!«

Bei Balters überraschter Reaktion legte ich den Kopf schräg. »Stimmt was nicht?«

Balter stammelte: »N… Nein, nur … normalerweise setzt man in einem Schwertduell keine Magie ein …«

Ach so. Moment mal …

Aqua blickte zu Darkness und murmelte: »Du hast es mal wieder geschafft, Kazuma. Du hast bewiesen, dass es keinen größeren Mädchenschänder als dich gibt. Ganze Arbeit.«

Ich folgte ihrem Blick und sah zu Darkness. Sie war pudelnass – und ihre Kleidung so durchsichtig, dass man die Unterwäsche erkennen konnte. Zusammen mit ihrem zerrissenen Rock ... Sagen wir einfach, ich war im Himmel!

Balter konnte Darkness nicht mal ansehen. Stattdessen starrte er zu Boden.

»Ha ... ha ha! Sieh dir das an, Balter! Ich dachte, ich würde einen Schwertkampf austragen – und jetzt bin ich in diesem erniedrigenden Zustand! Du kannst von diesem Mann noch einiges lernen!« Darkness stand triefnass da und wollte offenbar unbedingt ein Missverständnis heraufbeschwören.

»Ich ... ich wollte das nicht ...! Ach verdammt!«

Sie hatte gewollt, dass ich ihr zeige, was ich kann, und das hatte ich. Ich hatte bereits einmal Magie angewandt – da konnte ich es auch wieder tun. »*Gefriere!*«

Plötzlich hatte Darkness blaue Lippen und schlang ihre Arme um sich. »D... Du Teufel! Mich mitten im Winter völlig zu durchnässen ... und dann Eismagie einzusetzen ...!«

»Man nennt ihn ja nicht umsonst Kotzma!«, warf Aqua ein.

Das reicht jetzt aber von den billigen Plätzen!

»Ha – aha ha ha ha ha ha haa! Ja! Diese Gnadenlosigkeit! Das ist es ...!«

Und noch bevor Darkness ausgesprochen hatte, stürzte sie sich auf mich.

10

Das war nicht gut. Und es würde nur noch schlimmer werden.

Darkness richtete bedrohlich ihr Holzschwert auf mich, während ich nur ergeben dastand. Um ehrlich zu sein, würde ich ihrem Angriff mühelos ausweichen können. Egal wie aufgepeitscht sie war, sie stürzte sich immer in einer geraden Linie auf den Gegner, manchmal aus der falschen Entfernung oder sogar aus der falschen Richtung.

»Was ist denn, Kazuma? Bricht dir schon der Angstschweiß aus?«

Während sie auf mich zukam, konnte ich sehen, dass Darkness vor Kälte zitterte, aber ihre brennende Leidenschaft ließ sie schwitzen. Sie schien tatsächlich ihren Spaß zu haben.

Ich hatte mehrere Treffer gelandet, aber sie hatte keinen Ton von sich gegeben.

»Genau so, Darkness! Kazuma ist doch nur ’ne Bohnenstange! Das hält er nicht lange durch!«

Verdammt noch mal, hatte ich nicht gesagt, es reicht *von den billigen Plätzen?!*

»Ha ha, jetzt bewegst du dich nicht mehr so schnell. Ich denke, es ist an der Zeit, das zu beenden!« Angeheizt von Aquas Anfeuerungen lächelte Darkness, ließ ihr Schwert fallen – sie konnte damit ohnehin kein Scheunentor treffen – und griff mich mit bloßen Händen an.

Oh Mist! In einem Faustkampf hab ich nicht die geringste Chance!

»Genau so! Pack seinen Hals! Erwürg ihn! Wenn du ihn in die Finger kriegst, hat dieses Klappergerüst keine Chance gegen dich!«

Verdammt, warum feuert sie Darkness an?! Wir werden ja sehen, wer hier erwürgt wird, wenn das alles vorbei ist!

Während ich innerlich Aqua verfluchte, kam Darkness mit offenen Armen auf mich zu, als wollte sie mich umarmen.

Auch ich warf mein Schwert weg und machte mich bereit, ihre Hände zu packen, damit wir unsere Kräfte messen konnten.

»Denkst du, du hast eine Chance gegen mich, wenn es um Stärke geht? Du Trottel!«, brüllte Darkness und ergriff meine Hände. »Ich weiß nicht, was in deinem Kopf vorgeht, aber ein einfacher Abenteurer hat keine Chance gegen eine Paladiiighhh!« Ihr Prahlen verwandelte sich in einen Schrei. Sie versuchte, sich von mir loszureißen, doch ich ließ nicht locker.

»Was denn? Jetzt bist du wohl nicht mehr so selbstsicher. Komm schon, Darkness, sag was! Bwa ha ha! Du hast bestimmt nicht damit gerechnet, dass ich mich dir stellen würde. Dafür kennst du mich zu guuuuuh!«

Aus meinem Triumpf wurde ein Schrei, als sie meine Hand umklammerte, so fest sie konnte. Sie grinste wie eine Wahnsinnige, und ihre Augen loderten.

»Ha ... Ha ha ha ha! D... Das ist also ›Kraftabsorber‹ ... Aber ich kann dir den Arm brechen, bevor du mir die Kraft aussaugen kannst ...!«

»D... D... Das werden wir ja seeeehen! Iaaahauauauau!«

Da waren wir also: Ich versuchte, ihr die Lebenspunkte mit »Kraftabsorber« auszusaugen, und sie versuchte, mir mit purer Muskelkraft die Knochen zu brechen. Und keiner von uns beiden gab auch nur einen Millimeter nach.

Ich würde Darkness' schierer Kraft nicht mehr lange standhalten können, aber auch ihr Gesicht wurde immer bleicher.

Puh! Ich saugte so heftig ich konnte, aber ihre Lebenspunkte schienen einfach kein Ende zu nehmen ...

»H... Hey, Darkness! Wie wär's mit 'ner kleinen Wette? Du hast mich rausgefordert, weil du s... sauer auf mich warst, stimmt's?

A... Also, der Verlierer muss tun, w... was der Gewinner verlangt ...«, stieß ich durch zusammengebissene Zähne.

Darkness lehnte sich vor und legte ihre ganze Kraft in ihren Angriff. »Eine W... Wette?! Ha ... Ha ha! D... Du willst doch mit deinem G... Gerede nur Zeit schinden ... Wenn ich gewinne, m... musst du vor mir im Staub kriechen!«

Das ist meine Chance!

»Versprochen? B... Bist du sicher?«

»Oh ja! Und du solltest b... besser aufgeben! Bevor ich dir den Arm breche!«

Sie warf sich mit ihrem gesamten Körpergewicht auf mich, doch mein Tonfall deutete an, dass ich bereits gewonnen hatte. »S... Sicher? G... Ganz sicher? Ver... Versprochen? Wenn ich gewinne, kommst du nicht mit einer armseligen Entschuldigung davon ...«

Es hatte ganz und gar nicht den Anschein, als hätte ich auch nur die geringste Chance, trotzdem grinste ich Darkness unerwartet an.

Es musste sie überrascht haben, denn der Druck, den sie ausübte, ließ ein wenig nach. »Was soll das heißen? Was wirst du tun, wenn ich verliere?«

»Etwas, bei dem du hochrot anlaufen und vor Scham weinen wirst! Bwa ha ha! Du hast es versprochen! Also, hier kommt's! Ich kann schon vor mir sehen, wie du um Verzeihung flehst, nachdem ich gewonnen habe! ›Bitte‹, wirst du flehen. ›Bitte vergib mir!‹«

Darkness zitterte leicht bei meinen Worten. Und der Druck auf meinen Arm ließ ein kleines bisschen nach.

»Hrk ...! W... Was willst du mit mir machen? S... Sag's mir! Raus damit!«

»Bwa ha ha ha haaa! Etwas viel, viel Schlimmeres als das, was du dir gerade ausmalst, das garantiere ich dir!«

»Wa…?! A… Aufhören …! Hrk … I… Ich versuche, zu widerstehen, aber ich werde immer noch ausgesaugt … Wenn das so weitergeht …«

»Kraftabsorber« entzog nur die Lebenskraft, aber ich konnte spüren, wie Darkness ihre Stärke verließ, bis sie auf ein Knie zusammenbrach.

»*Haaah … haaah …* W… Was willst du mit mir machen …?! *Haaah … haaah …* W… Wenn das so weitergeht, werde ich nicht … weitermachen können …«

Darkness war hochrot angelaufen und atmete schwer. Eine einzelne Schweißperle rann von ihrem Hals über ihr Schlüsselbein.

»Erst mal werde ich dich weiter aussaugen, bis du das Bewusstsein verlierst. Du kannst dir die Vorfreude auf das, was danach kommt, aufsparen, bis du wieder zu dir kommst …«

»Aah! D… Du …! Hrrgh … Ich habe diesen Kampf verloren … Aber welche Schmach du mir auch antust … mein Herz … bekommst du nicht! Wird es … wird es etwas Schreckliches sein?!«

Die nächsten beiden Seiten werden in japanischer Leserichtung, also von rechts nach links, gelesen!

GRIEN
Wer hat gesagt ...
... es wäre nur für einen Tag?
ZING
Also!
Junges Fräulein ...
... ich mache dich jetzt zu meiner Sklavin!
Nenn mich Meister!
M...
Meis-teeeee-eeeeer!

Etwas Schreckliches ...
KLIRR
Also dann!
Du weißt, was jetzt passiert.
Mach mit meinem Körper den ganzen Tag lang, was du willst ...
... aber meinen Willen wirst du nicht brechen.
He he he!
WUPP

Ihre Hände in meinen und das Gesicht erwartungsvoll nach oben gewandt, brach Darkness auf dem Boden des Trainingsrings zusammen.

Schockiert sagte Balter: »Du hast nicht einfach nur gewonnen – als du wusstest, dass der Sieg dein war, hast du sie zu einer Wette gezwungen! Wie gnadenlos! Nicht umsonst nennt man dich Kotzma!«

»H… Hey!«

Aqua ging zu Darkness hinüber und leistete ihr Erste Hilfe.

Doch dann …

»Ich habe gehört, dass ihr alle im Trainingsring seid, also bringe ich euch Erfrischungen …«

Darkness' Vater hätte kein schlechteres Timing haben können. Das Tablett mit den Getränken glitt ihm aus der Hand und fiel mit einem Scheppern zu Boden.

Diener eilten herbei, um zu sehen, was passiert war, und erstarrten. Alle Blicke ruhten auf Darkness, die von Aqua behandelt wurde. Sie war von Blutergüssen übersät, ihr Rock war wenig damenhaft zerrissen, pitschnass und überließ nichts der Fantasie.

Während alle Aufmerksamkeit auf Darkness gerichtet war, wechselten Balter und ich instinktiv einen Blick.

Aqua zeigte auf uns. »Das ist alles ihre Schuld!«

»In Ordnung. Tötet sie!«

»Nein, mein Herr, das ist ein Missverständnis!«, kreischten Balter und ich im Chor.

11

Gemeinsam klärten Balter und ich die Situation auf, und irgendwie kamen wir ungeschoren davon.

Balter wusste inzwischen, wer Aqua und ich waren – um ehrlich zu sein, hatte ich allerdings das Gefühl, dass er von Anfang an gewusst hatte, dass ich nicht wirklich ein Butler war.

Darkness – die uns den ganzen Ärger erst eingebrockt hatte – war immer noch bewusstlos, nachdem sie ordentlich eingesteckt hatte.

Wir wachten im Salon über sie, und man hatte ihr wieder den engen schwarzen Rock und das Shirt angezogen, die sie auch auf unseren Abenteuern trug.

Schließlich ergriff ihr Vater das Wort, den Blick auf seine Tochter gerichtet. »Sie konnte noch nie gut mit Menschen … nicht mal mit denen, die ihr nahstanden. Kazuma, du gehörst zu ihrer Party, richtig? Sie hat nicht viel von sich erzählt, nehme ich an?«

Ich legte den Kopf schräg. Jetzt, wo ich darüber nachdachte, wusste ich tatsächlich nicht besonders viel über Darkness. Sie redete ohnehin nicht viel und wenn, dann meistens nur völligen Unsinn.

»Selbst nachdem meine Tochter eine Paladin geworden war, war sie oft allein. Sie hat jeden Tag in der Kirche unserer Herrin Eris verbracht und gebetet, dass sie Kameraden findet, mit denen sie auf Abenteuer gehen kann. Einmal hat sie mir überglücklich erzählt, dass sie auf dem Heimweg von der Kirche eine Freundin gefunden hätte – eine Diebin …«

Ich wusste doch, dass Eris eine Göttin ist, auf die man sich verlassen kann. Was für Wunder du doch vollbringst, meine Göttin …

»Sie hat ihre Mutter früh verloren ... Ich habe nie wieder geheiratet und sie allein aufgezogen. Sie hatte nur einen – überfürsorglichen – Mann in ihrem Leben. Vielleicht habe ich ihr damit keinen Gefallen getan«, erklärte er und wirkte niedergeschlagen.

Er schien von Darkness' Neigungen zu sprechen. Wollte er andeuten, dass sie in Ketten gelegt werden wollte, weil sie als Kind zu viele Freiheiten genossen hatte? *Tut mir leid, aber ich glaube, sie war einfach schon immer so.*

»Fräulein Lalatina übertrifft alle Männer, die mir je begegnet sind, und ist, in meinen Augen, eine wundervolle Frau. Wenn Kazuma nicht wäre, würde ich sie wirklich gern zur Frau nehmen.«

Wovon zur Hölle redete Balter da? Darkness war nur eine Freundin. Ich will nicht lügen – vieles an Darkness machte mich ziemlich scharf, aber das hatte nichts zu bedeuten. Ja, ich wollte nicht, dass sie in den Klauen von jemandem wie Fürst Alderp endete, der sie nur ausnutzen wollte, aber eine Verbindung mit einem anständigen Kerl, der sie zu schätzen wusste, würde ich voll und ganz unterstützen.

»Tut mir leid«, sagte ich, »aber ich fürchte, ich kann nicht ganz folgen.«

»Komm schon«, erwiderte Balter, und in seinem Tonfall schwang mit: *Du brauchst es nicht zu verbergen.* »Du bist offensichtlich bestens in der Lage, Fräulein Lalatina glücklich zu machen. Ich habe gesehen, wie sehr ihr einander vertraut. Seid ihr beiden etwa nicht schwer ineinander verliebt?«

»Okay, wir klären das draußen. Sohn eines Fürsten hin oder her, ich muss dir wohl mal den Kopf zurechtrücken.«

»Kazuma, hör auf! Wenn du ihn schon verprügeln musst, mach das, wenn ich nicht dabei bin! Ich will nicht auch hingerichtet werden!« Aqua wollte mich zurückhalten, während ich versuchte, Balter die Lebensgeister auszusaugen.

»Baaa ha ha ha ha!« Darkness' Vater brach in schallendes Gelächter aus.

Was jetzt? Es hat heute schon zu viele überraschende Wendungen gegeben. Noch eine verkrafte ich nicht.

»Also schön. Herr Balter, werden Sie meine Tochter auch dann noch zur Frau nehmen, wenn sie eigentlich zu alt zum Heiraten ist?«

Das unerwartete Angebot erwischte Balter kalt. »N... Natürlich! Es wäre mir eine Freude, aber ...«

Sein Blick glitt zu mir, aber Darkness' Vater fiel ihm ins Wort. »Und du, Kazuma?«

»Hä?! Ich meine ... ja, bitte?« Ich war nicht weniger verwirrt als Balter.

»Ich bitte dich, auf meine Tochter aufzupassen. Pass auf, dass sie nichts *allzu* Verrücktes anstellt. Bitte.«

Moment ... was genau wollte er damit sagen? Er meinte doch sicher als Freund und Mitabenteurer, richtig? Also, natürlich würde ich das tun. Schließlich hatte ich das schon die ganze Zeit getan.

»... nn ...? Hmm ...? Der Salon? Aah ... verstehe ...«

Darkness setzte sich auf. Im selben Moment schienen die Erinnerungen an die letzten Augenblicke, bevor sie das Bewusstsein verloren hatte, zurückzukehren. »I... Ist schon alles vorbei? Welche schändlichen Dinge hast du mir angetan, während ich bewusstlos war?«

»Nichts! Ich habe dir gar nichts angetan! Hör auf, immer Dinge zu sagen, die Außenstehende missverstehen könnten! Nachdem du ohnmächtig geworden warst, ist alles ein bisschen kompliziert geworden.«

Daraufhin sah Darkness sich im Zimmer um und grinste mich verschlagen an.

Was ...? Was ging in ihr vor?

Ich erinnerte mich, was Darkness vor dem Treffen gesagt hatte: *Du wirst dir wünschen, du wärst tot, wenn das hier vorbei ist.*

Nein – ich war in Sicherheit. Was immer sie als Nächstes sagen würde, es würde kein Problem geben.

Bleib einfach ruhig. Du bist heute supercool. Bleib einfach ruhig und stell dich dem, was immer ...

»Vater. Herr Balter. Bitte tut so, als hätte dieses Treffen nie stattgefunden. Es gibt etwas, das ich euch bisher vorenthalten habe ... Ich bekomme Kazumas Baby.«

»Was zum Teufel?! Ich bin noch Jungfrau! Das kannst du nicht bringen! Wie willst du von mir schwanger sein, wenn nie was zwischen uns passiert ist? Du bist doch selbst noch Jungfrau! Wer bist du, Maria? Ich sollte dir in den Bauch boxen!«

Darkness' lächerliche Behauptung und meine Reaktion entlockten Balter ein seltsames Lächeln. »Verstehe ... Du warst also die ganze Zeit schwanger von Kazuma. In dem Fall lässt es sich wohl nicht ändern. Ich werde mich geschlagen geben.« Dann stand er auf.

Verflucht seist du, Darkness ...

Sie war ohnmächtig gewesen. Sie hatte nicht gewusst, dass sie sich keinen lächerlichen Ausweg mehr zusammenspinnen musste.

»Ich werde meinem Vater sagen, dass ich derjenige war, der die Verbindung abgelehnt hat. Das sollte die Dinge für uns alle vereinfachen.«

Puh, der Typ war wirklich spitze.

Sicher, dass du Darkness nicht willst?

Darkness warf mir einen siegessicheren Blick zu. Ich seufzte nur. Na schön, ich könnte noch eine Weile mit ihr abenteuern gehen.

Erst da bemerkten Darkness und ich, dass uns noch zwei andere Personen im Raum seltsame Blicke zuwarfen.

»Ein Enkelkind … mein erstes Enkelkind … Ich kriege mein erstes bezauberndes Enkelkind …?!«

»Waaaaaaaas?! Kazuma, wann seid du und Darkness euch so … nahgekommen?! Das muss ich allen erzählen! Die ganze Stadt muss das erfahren!«

Darkness' Vater weinte vor Freude, und Aqua war total begeistert. Es dauerte eine gute halbe Stunde, um die beiden davon zu überzeugen, dass es eine Lüge gewesen war.

12

»Gütige Götter! Wenn ich gewusst hätte, dass es so ausgeht, hätte ich dieses Treffen von vornherein abgelehnt.«

»Wem sagst du das? Ich geb ja zu, ich hatte echt Glück, dass du mich vor Fürst Wie-auch-immer geschützt hast, aber in Zukunft spar dir bitte solche selbstaufopfernden Aktionen. Alle waren krank vor Sorge um dich!«, sagte ich.

»Erst versucht Kazuma, Darkness an diesen Balter abzuschieben, und jetzt tut er so, als hätte er nicht versucht, sie zu verkuppeln. Das zeigt mal wieder, was für ein Mann er ist!«, schnaubte Aqua.

»Klar! Krank vor Sorge – von wegen!«, schimpfte Darkness. »Gerade eben hast du noch versucht, jemanden loszuwerden, den du nicht leiden kannst! Und du, Aqua, ich könnte schwören, du wolltest mich auch unter die Haube bringen!«

Aqua und ich hielten uns einfach die Ohren zu und taten so, als könnten wir sie nicht hören.

Darkness seufzte schwer – doch dann schien ihr ein Gedanke zu kommen. »Weißt du, was, Kazuma? Du hast unser Duell gewonnen. Also, was verlangst du von mir? Was könnte schlimmer sein als meine schlimmsten Vorstellungen?« Während sie sprach, röteten sich ihre Wangen, und sie beobachtete mich erwartungsvoll.

Hm. Ja, wir hatten uns wohl auf so was geeinigt. Oh Mann, wozu zwing ich sie denn jetzt?

Moment mal ... das wäre die Gelegenheit ...

Nein, warte ...

»A... Aqua, rück ... rück mir nicht so auf die Pelle ...«

»Ich bin nur neugierig, was du von Darkness verlangen willst. Welche Abscheulichkeit schwebt dir vor? Hey, ich weiß, du bist sauer auf Darkness, weil sie dir Sorgen bereitet hat, aber sei nicht *zu* gemein, okay?«

Darkness beobachtete mich also erwartungsvoll, Aqua besorgt.

»D... Das überleg ich mir, sobald wir es uns gemütlich gemacht haben ...« Mit dieser lahmen Ausrede öffnete ich die Tür ...

»*Schnief ... Schnüff!* D... Das ist gemeiiiin! Megumin! Das ist so gemeiiiin!«

»Hör auf zu heulen! Kazuma und die anderen sind bald zurück. Wenn sie jetzt reinkommen würden, würden sie noch denken, ich wär die Böse h... Oh!«

Yunyun hockte als Häufchen Elend in unserem Flur.

Ich musterte Megumin, die versuchte, sie zu beruhigen, und schloss schnell die Tür.

Doch sie flog sofort wieder auf.

»Bitte tut so, als hättet ihr das nicht gesehen! Ich kann alles erklären!«

»Keine Sorge, wir wussten längst, dass du 'ne Mobberin bist«, meinte ich, als hätte ich erraten, worum es hier ging.

»Bin ich nicht! Eigentlich hab ich in der Schule sogar immer ... Aber das spielt jetzt keine Rolle! Wir haben keine Zeit, uns um Yunyun zu sorgen ...« Während die Worte aus ihr heraussprudelten, wedelte sie panisch mit ihrem Stab.

»Schon gut! Mir geht's g... g... gut. Sie hat recht – ihr habt keine Zeit, euch um mich zu sorgen ...! Bu ... hu hu hu!«

»Aah! Meine Güte, nichts als Ärger ... Entschuldigt, aber könntet ihr uns kurz allein lassen?« Megumin schloss die Tür wieder. Undeutlich konnten wir hören, wie Yunyun und sie sich dahinter unterhielten.

Schließlich öffnete sich die Tür zum dritten Mal, und Yunyun kam schniefend heraus. »E... Entschuldigt das Theater ...« Mit einer kleinen Verbeugung huschte sie davon.

Okay ...

Wir wechselten einen Blick und sahen dann der traurig davonschleichenden Yunyun nach.

Als wir wieder ins Haus gingen, hockte Megumin erschöpft auf dem Teppich. Doch als sie mein Gesicht sah, sprang sie auf. »Kazuma, es ist schrecklich! Richtig schrecklich!«

»Ja, das dachte ich mir schon, so wie ihr euch benommen habt.«

»Nein, vergiss mal kurz Yunyun. Das ist so 'ne Art Familienstreitigkeit, die dich nicht zu kümmern braucht. Ich erklär dir alles, sobald wir Zeit dafür haben.«

Eigentlich wär ich ja schrecklich neugierig, was los war, aber okay.

Megumin schien allerdings etwas anderes zu beschäftigen. Sie war kreidebleich und völlig außer Atem. »Etwas anderes macht mir sehr viel mehr Sorgen. Es ist furchtbar! Die Staatsanwältin, Sena oder wie sie heißt – sie ist auf dem Weg hierher! Und offenbar ist sie entschlossen, dich zu verhaften!«

Kapitel 4

Auf dass dieser maskierte Ritter sich fügt!

1

»Kazuma Sato! Da sind Sie ja!«

Wie Megumin gewarnt hatte, kam Sena wutentbrannt in die Villa gestürmt.

»W... Was denn? Noch mehr Kröten? Oder gibt es ein anderes Problem, das Sie mir in die Schuhe schieben wollen?«

Ich musste zugeben, dass sie ein bisschen einschüchternd war.

»Es geht um den Dungeon! Was haben Sie mit Kils Dungeon angestellt? Da tauchen lauter seltsame Monster auf!«, bellte sie mit hochrotem Kopf.

Seltsame Monster? Ja, darüber hatte ich Gerüchte in der Stadt gehört.

»Moment mal, das hat nichts mit uns zu tun. Ja, ich war in dem Dungeon, aber Sie können mich doch nicht für alles verantwortlich machen, nur weil ich in einem Umkreis von hundert Metern war!«

Alle nickten zustimmend.

Gut. Hoffentlich bedeutet das, dass sie hinter meinem Rücken nichts Dummes angestellt haben.

Sena jedoch funkelte mich weiterhin an und war eindeutig nicht überzeugt. »Sie können sagen, was Sie wollen, Berichten zufolge waren Sie der Letzte, der in diesem Dungeon war. Nach allem anderen, was vorgefallen ist, muss ich davon ausgehen, dass Sie dahinterstecken.«

»S… Sie sind doch verrückt! Ich habe jedenfalls nicht die geringste Ahnung, wovon Sie reden. Stimmt's, Leute? Dieses Mal sind wir vollkommen unschuldig.«

Alle nickten eifrig.

Sena schien kein Wort davon zu glauben, dennoch ruderte sie erst mal zurück. »Aber dann habe ich ein Problem. Ich war sicher, Sie hätten damit zu tun … Jetzt müssen wir jemanden anheuern, der Nachforschungen anstellt …«

Während sie sprach, sah sie uns eindringlich an. *Was soll ich denn jetzt tun?*, schien ihr Blick zu sagen. *Wenn sich doch nur jemand freiwillig melden würde …*

»Hmm. Die angesehene Staatsanwältin will sicher keine Hilfe von den Leuten, die sie gerade noch beschuldigt hat. Außerdem sind wir ohnehin gerade voll und ganz damit beschäftigt, unsere Namen reinzuwaschen.« Megumin schien genau zu wissen, was Sena dachte, und kam ihr zuvor.

Die Staatsanwältin biss sich auf die Unterlippe, erwiderte aber nichts. Stattdessen wandte sie sich mir zu.

»Ich fürchte, wir haben keine Zeit und müssen ablehnen«, sagte ich klar und deutlich.

Sena seufzte und ließ die Schultern hängen. »Wenn Sie wirklich nichts mit der Sache zu tun haben, kann ich Sie auch zu nichts zwingen. Aber wenn Sie Ihre Meinung ändern, wäre ich wirklich dankbar für Ihre Hilfe. Ich werde dann jetzt bei der Abenteurer-Gilde mein Glück versuchen.«

Sie drehte sich um und ging.

Ich konnte ihre Art wirklich nicht ausstehen. Viel zu ernst – und rationaler als die meisten Leute in dieser Stadt.

»Hmm«, meinte Darkness. »Ich muss zugeben, die Monster in dem Dungeon machen mich schon neugierig. Aber wir haben

Wichtigeres zu tun. Erst mal müssen wir Kazumas Namen reinwaschen. Dann müssen wir Fürst Alderp für seine Villa entschädigen. Und soweit ich sehen kann, haben wir bisher an keiner der beiden Fronten irgendwelche Fortschritte gemacht.«

Sie hatte recht.

»Hey, Darkness, könnte ich dich bitten ...?«

»Ich werde dir kein Geld leihen. Ich habe meinen Teil ja wohl bereits beigetragen. Außerdem würde ich zu gern sehen, wie du dich noch ein bisschen windest.« Sie sah mich an, und ein Lächeln breitete sich auf ihren Lippen aus.

Hmpf! Sie war also noch sauer wegen des Treffens ...

Seltsame Monster also ...?

»Ich frage noch mal, nur um sicherzugehen: Keiner von euch weiß was über diese Geschichte, richtig? Wir sind dieses Mal wirklich aus dem Schneider?«

Alle wirkten leicht davon genervt, dass ich immer wieder nachhakte.

»Wenn es nichts mit Explosionsmagie zu tun hat, kann ich dir versichern, dass ich keine Ahnung habe.«

»Ich auch. Allerdings möchte ich betonen, dass ich im Gegensatz zu den anderen beiden nicht den Ruf habe, überall nichts als Schwierigkeiten zu machen.«

»Was?! Ich gebe ja zu, dass Darkness bisher keine größeren Schwierigkeiten verursacht hat, aber sie war auch keine große Hilfe – vor allem im Kampf gegen den Destroyer!«

»Hä?! Megumin, du ...!«

Ich überließ die beiden ihrem Streit und wandte mich wieder dem eigentlichen Problem zu. »Was ist mit dir? Irgendeine Idee?«, fragte ich Aqua mit einer bösen Vorahnung.

»Natürlich nicht«, beteuerte sie. »Mann, wann lernst du endlich, mir zu vertrauen?«

Ich atmete erleichtert auf. »H… Hatte ich auch nicht gedacht. So viele Schwierigkeiten hast du nun auch wieder nicht verursacht. Der Prozess hat mich wohl einfach völlig verunsichert«, entschuldigte ich mich bei Aqua. Es war falsch von mir gewesen, davon auszugehen, dass alles ihre Schuld war.

»Allerdings! Vertrau mir einfach mal. Wenn überhaupt, solltest du mir danken, dass nicht noch *mehr* Monster in dem Dungeon auftauchen! Erinnerst du dich an den Raum, in dem der Lich gelebt hat? Ich hab wirklich alles in diesen magischen Bannkreis gelegt, als ich das Ritual durchgeführt hab. Ich wette, er ist immer noch da und hält alles Böse aus dem Raum fern!«

Meine Entschuldigung war vergessen, und ich packte Aqua an den Schultern. »W… Was hast du da grade gesagt?!«

»Hm? Was bist du denn so aufgeregt? Ich sag doch, ich hab mich bei dem Bannkreis richtig angestrengt, und er ist bestimmt noch da und hält die Monster …«

Ich ließ sie nicht ausreden. Ich konnte mir nur noch an den Kopf packen und brüllen: »Du Dummkopf!«

2

Über einen schneebedeckten Weg näherten wir uns dem Dungeon.

»*Schnüff* … Das ist nicht meine Schuld … Ich schwör's …«, jammerte Aqua vor sich hin. Sie ging hinter mir, und Megumin und Darkness folgten ihr.

Ich drehte mich zu ihr um. »Immer wenn du was Nützliches tust, tust du gleichzeitig was völlig Überflüssiges, das nur Ärger macht.

Wie kommt das? Hast du irgendeine komische Krankheit, bei der du alles Gute durch was Schlechtes ausgleichen musst?«

In diesem Fall überwog bisher allerdings immer noch das Schlechte.

»Jetzt mach mal halblang! Dieses Mal ist es wirklich nicht meine Schuld! Bitte, du musst mir glauben! Ich habe nur einen magischen Reinigungszirkel um den Bossraum gelegt. Das reicht nicht, um eine Horde Monster zu erschaffen. Das ist was ganz anderes als das Geisterproblem!« Aqua hatte meine Schultern gepackt, um mich am Weitergehen zu hindern, und schüttelte mich heftig.

»Hey, lass das! So kann ich nicht laufen! Hör mal, mir ist egal, ob du das warst oder nicht. Sena wird den Dungeon untersuchen, und dann wird sie den Bannkreis entdecken, den du hinterlassen hast. Das ist das Problem!«

Der magische Zirkel tief im Dungeon. Ich wusste einfach, dass ich dafür bezahlen würde, die Beweise nicht vernichtet zu haben.

Wir hatten ein Mittel dabei, um den Bannkreis zu zerstören, aber wenn möglich wollte ich das Problem aus dem Weg schaffen, ohne den Dungeon betreten zu müssen.

Während Aqua weiter vor sich hin plapperte, erreichten wir schließlich den Eingang.

»Hm, das sind wirklich seltsame Monster.«

Aus sicherer Entfernung beobachteten wir die Kreaturen, die aus dem Dungeon strömten. Sie trugen kleine Masken, waren etwa kniehoch und gingen auf zwei Beinen – kurz gesagt, sie sahen aus wie maskierte Puppen.

»Ich frage mich, was das für komische Dinger sind. So was habe ich noch nie gesehen oder auch nur davon gehört«, meinte Megumin, die die Puppen neugierig betrachtete.

»Auf den ersten Blick sehen sie nicht aus, als könnten sie in einem Kampf viel ausrichten«, bemerkte Darkness enttäuscht, und ihre schwere Rüstung klirrte.

»Irgendwas an diesen Masken gefällt mir nicht. Ich weiß nicht, warum, aber die machen mich irgendwie krank ...« Während sie sprach, hob Aqua einen Stein auf.

In diesem Moment ...

»Herr Sato! Was machen Sie hier? Haben Sie doch beschlossen, mir bei der Untersuchung dieser Monster zu helfen?«

Ich drehte mich zu der Stimme um und entdeckte Sena, die von einigen Abenteurern begleitet wurde. Sie selbst trug keine Rüstung, nur leichte Kleidung, aber in der Hand hatte sie einen Talisman mit einem merkwürdigen Symbol darauf.

Mist. Sie ist schon hier. Na schön. Ich komm wohl nicht drum rum, mit ihr zu reden.

»Als wir genauer darüber nachgedacht haben, mussten wir erkennen, dass wir diese Monster nicht einfach so ignorieren können. Wir müssen die Stadtbewohner beschützen, die von ihnen bedroht werden. Das ist die Pflicht eines Abenteurers.«

»Noch nie habe ich mir so sehr eine Lügendetektorglocke gewünscht ... Aber, na schön. Ich bin dankbar für Ihre Unterstützung.« Sena verbeugte sich tief.

Und jetzt? Meine Selbsteinschätzung, dass ich ein guter Mensch war, war angegriffen worden. Diese Frau hasste mich nicht. Sie nahm nur ihren Job sehr ernst und verfolgte ihre Zweifel über mich vielleicht ein bisschen zu energisch.

»Kommen Sie bitte hier lang, Herr Sato. Wir wissen noch nicht genau, wo die Monster herkommen, aber es hat ganz den Anschein, als würde jemand sie beschwören. Wenn das der Fall ist, schalten Sie bitte den Schuldigen aus und legen

Sie diesen Talisman auf den magischen Zirkel.« Sie reichte ihn mir.

»Was ist das ...?«

»Ein Talisman mit sehr mächtiger Versiegelungsmagie. Damit wird jeder Magiezirkel, egal wie mächtig, augenblicklich wirkungslos gemacht. Es ist möglich, dass ein Beschwörungszirkel weiter Monster hervorbringt, auch wenn der Beschwörer vernichtet wurde, also nehmen Sie ihn bitte mit.«

Ich verstand. Ziemlich nützlich, aber nicht notwendig.

»Schon in Ordnung, den werden wir nicht brauchen. Keine Sorge, ich habe einen Plan. Einen, der nicht beinhaltet, in einen Dungeon zu marschieren, der pausenlos Monster ausspuckt ... Megumin, bist du bereit?«

»Absolut. Du kannst dich auf mich verlassen.« Megumin trat nach vorne und hielt ihren Stab.

Sena wirkte beunruhigt. »W... Was wird das? Was haben Sie vor?! Sie können doch nicht ...!«

»Ach, Sie haben's erkannt? Genau, wir versiegeln den Ausgang einfach mit ›Explosion‹ und ...«

»D... Das dürfen Sie nicht! Bitte, finden Sie die Ursache! Diese Monster sind offensichtlich nicht natürlich. Und ihre Zahl deutet darauf hin, dass eine große Macht dahintersteckt. Selbst wenn Sie den Eingang verschließen, wenn der Beschwörer ›Teleport‹ nutzen kann, kann er einfach fliehen. Bedenken Sie seine Fähigkeiten. Bitte finden Sie ihn und schalten Sie ihn aus.«

Oh Mann, klingt, als müssten wir uns wieder in Gefahr begeben.

Das war gar nicht gut. Ich war nicht hergekommen, um durch diesen Dungeon zu kriechen. Und wenn wir erst mal drin waren, würde Megumin »Explosion« nicht mehr einsetzen können ...

Während ich noch grübelte, machte Aqua sich bereit, ihren Stein auf die maskierten Monster zu werfen. Ich verstand ja, dass sie ihr nicht behagten, aber so schlimm waren sie auch wieder nicht.

Bisher hatten sich die Kreaturen uns gegenüber nicht feindselig verhalten, aber sobald Aqua den Stein hob, stürmte eine auf sie zu.

»Hey, was …?! W… Was soll das …? Aah!«

Doch statt sie anzugreifen, klammerte sie sich an ihre Knie.

»Was ist das? Ich glaub, es mag mich. Die Maske ist ein bisschen widerlich, aber das ist irgendwie niedlich … Hey. Hey, Kazuma. Was geht da vor? Die Puppe wird warm. Ich hab ein ganz mieses Gefühl!«

Aqua stolperte auf mich zu, während sie schrie, aber ich hatte so eine Ahnung, was passieren würde, und trat so schnell ich konnte den Rückzug an.

Eine gewaltige Explosion erklang, als die Puppe, die sich an Aqua klammerte, einfach in die Luft flog. Zurück blieb eine Göttin, deren Kleidung von der Explosion zerrissen und angesengt war.

»Wie Sie inzwischen selbst festgestellt haben, stürzen sich die Kreaturen auf alles, was sich bewegt, und explodieren dann. Nicht mal die Abenteurer-Gilde weiß, wie sie mit ihnen fertigwerden soll.«

»Verstehe. Das ist ziemlich schlimm, oder?«

»Wie könnt ihr beide so ruhig sein?! Macht ihr euch gar keine Sorgen um mich? Wo bleibt euer Mitgefühl?!« Den Tränen nah kam Aqua auf Sena und mich zu, während wir ganz rational die Situation analysierten. In meinen Augen schien sie in ziemlich guter Verfassung zu sein.

»Wir haben ein echtes Problem«, sagte Sena. »Außer der Selbstzerstörung scheinen diese Monster über keinerlei Attacken zu verfügen, aber ... wenn man sie auch nur leicht beschädigt, detonieren sie. Und wenn man sie nicht beschädigt, suchen sie nach dem richtigen Moment, um sich festzuklammern und zu explodieren. Wie es scheint, ist unsere einzige Chance, sie aus der Entfernung eine nach der anderen auszuschalten.«

Während sie sprach, blickte Sena zu Aqua, die sich zusammengekauert hatte und von Megumin getröstet wurde. Es ging Aqua ganz offensichtlich nicht gut, sie hatte ihren »göttlichen« Federmantel um sich gewickelt. Ohne diesen Schutz wäre ihr allerdings vermutlich sehr viel mehr passiert.

Noch ein lebensbedrohliches Monster also ...

Vielleicht konnten wir vorrücken und dabei Steine werfen? Aber es waren so viele. Ich wollte mir nicht mal vorstellen, wie viele noch im Dungeon lauern mochten. Es war unmöglich, sie alle zu erwischen ...

Das Problem war, dass wir immer noch nicht wussten, was sie eigentlich wollten. Wer ließ diese Monster los und zu welchem Zweck?

Während wir noch über diese Fragen nachgrübelten, ging Darkness auf eine der Puppen zu und schlug kommentarlos und ohne Vorwarnung zu.

»Wa...?! Was zur Hölle hast du ...?!«

Genau wie ich verfielen alle um mich herum in Panik.

Die angegriffene Puppe klammerte sich wie zuvor bei Aqua einfach nur an Darkness und detonierte dann in einer gewaltigen Explosion.

Als sich der Staub gelegt hatte, war Darkness jedoch unversehrt. »Mh-hm. Das sollte gehen.«

Zum ersten Mal bekamen Sena und die anderen Abenteurer einen Eindruck davon, wie zäh Darkness war.

»Ich übernehme die Führung und räume den Weg frei. Mir nach, Kazuma.« Darkness' Worte klangen eher nach einem Typen in einer strahlenden Rüstung.

Wir würden uns wohl nicht mit »Verstecken« in den Dungeon schleichen, wie wir es beim letzten Mal getan hatten. Zusammen mit den anderen Abenteurern würden wir einen Frontalangriff starten.

Megumin zupfte mir am Ärmel. »Kazuma. Kazuma, da drinnen nütze ich euch nichts. Kann ich hier draußen Wache halten? Ich werde mich bereithalten, um jederzeit einen Zauber auf den Eingang des Dungeons feuern zu können – wenn ihr also einem riesigen Monster begegnet, kommt einfach rausgerannt.«

Ja, da drinnen beschwor vermutlich jemand diese Kreaturen. Und ja, derjenige war wahrscheinlich ziemlich stark. Vielleicht wäre es keine schlechte Idee, Megumin hier draußen zu platzieren, für den Fall, dass irgendeine tödliche Bestie uns entkam.

»Hört sich gut an«, meinte Aqua und klopfte sich den Ruß von einem ihrer Ärmel. »Ich bleibe mit ihr hier. Keine Sorge, ich belege euch mit ein paar Stärkungszaubern, bevor ihr reingeht, also ...«

»Jetzt mal langsam! Du kommst mit uns! Im Gegensatz zu Megumin funktionieren deine Kräfte bestens in dem Dungeon!«

»Waaaaah! Ich hab die Nase voll von Dungeons! Du willst nur wieder versuchen, mich da drin zurückzulassen! Und was, wenn wir wieder von Untoten verfolgt werden? Waaaah!« Sie hielt sich die Ohren zu und wiederholte immer wieder: »Nein, nein, nein.«

Dass ich sie das letzte Mal fast zurückgelassen hatte, hatte sie wohl wirklich traumatisiert. Ich dachte kurz darüber nach und beschloss dann, auch Aqua draußen warten zu lassen. Wenn sie dabei war, war die Wahrscheinlichkeit, Untote anzuziehen, einfach zu groß. Außerdem hatten wir dieses Mal noch eine Menge anderer Abenteurer dabei. Selbst wenn wir einem Geist oder einem anderen körperlosen Gegner begegnen sollten, würde schon einer eine Idee haben, wie wir mit ihm fertigwürden.

»Sieht ganz so aus, als seien wir die Einzigen aus unserer Party, die da reingehen, Darkness.«

»Mmh. Allein mit dir in einem dunklen Dungeon … Wieso nur habe ich das Gefühl, dass du gefährlicher bist als jedes Monster?«

»Hmm, vielleicht sollte ich *dich* da drin zurücklassen. Mal sehen, ob dich das genauso traumatisiert wie Aqua.«

Während wir noch stritten, hatten sich die anderen Abenteurer in ihren Gruppen zusammengefunden. Einige würden an der Oberfläche zurückbleiben und als Senas Beschützer fungieren und die Monsterpuppen hier oben ausschalten. Zwanzig weitere Männer und Frauen würden sich Darkness und mir anschließen.

Der Plan sah vor, dass Darkness uns den Weg bahnte und wir anderen ihr folgten …

Das Licht der Laterne in meiner Hand tanzte durch den dämmrigen Gang.

Für den Fall, dass sie Opfer einer Explosion wurde, hatte Darkness keine Laterne, nur ihr Großschwert. Ich ging hinter ihr und hielt die Laterne hoch, damit sie etwas sehen konnte. Die anderen Abenteurer schlurften hinter mir her.

Der Dungeon war immer noch dunkel und feucht, aber mit so vielen Leuten war es schwierig, Angst zu empfinden. Auch wenn sie und wir unterschiedliche Ziele verfolgten. Sie wollten herausfinden, wo die Monster herkamen, wir dagegen wollten den Magiezirkel im Raum des Lichs – und damit die Beweise – vernichten.

Eigentlich war es also eher unpraktisch, sie hinter uns zu haben. Trotzdem …

»He he he he he. Ha ha ha ha ha ha ha! Sieh mal, Kazuma! Siehst du, wie ich sie treffe? Selbst mein Schwert trifft diese Dinger!«

Vor mir schwang Darkness fröhlich ihr Schwert und schnitt durch die Puppen, die keine Anstalten machten, ihren Angriffen auszuweichen. Natürlich reagierten sie, indem sie sich selbst zerstörten, aber das schien Darkness nichts auszumachen, obwohl ihr Gesicht und ihre Rüstung bereits mit Ruß bedeckt waren.

Mir war nicht bewusst gewesen, dass ihre völlige Unfähigkeit, etwas zu treffen, sie so belastet hatte. Wenn es ihr wirklich so viel bedeutete, hätte sie einfach ihren Stolz runterschlucken und den »Großschwert«-Skill erlernen sollen.

Offenbar überglücklich, nun, da sie ein paar Treffer landen konnte, endlich ihre Rolle voll und ganz erfüllen zu können, bahnte uns Darkness einen Weg und walzte dabei wie ein wahrer Tank durch den Dungeon.

Trotz der ständigen Explosionen machte der Dungeon seinem Ruf als Werk eines Lich-Magiers alle Ehre – nirgendwo bröckelte etwas.

»Hey! Wartet mal – nicht so schnell!«, rief einer der Abenteurer hinter uns.

Ich drehte mich um und musste feststellen, dass der Rest der Gruppe hinter Darkness' unaufhaltsamem Vormarsch zurückgefallen war und immer mehr dieser Monster aus den Seitengängen strömten.

»Uwah…! Oh nein! Eins hat mich! Holt das Ding von mir runter!«

»Uwäh! Bleib weg! Komm mit dem Teil nicht hierher!«

Die Explosionen dieser Viecher waren ziemlich gewaltig. Aber auch ohne Darkness' Widerstandsfähigkeit oder Aquas himmlischen Mantel ging ich nicht davon aus, dass sie einen Abenteurer in voller Rüstung töten könnten.

Tut mir leid, Leute, aber …

»Also los, Darkness! Immer geradeaus! Vorwärts, tapfere Paladin!«

»Alles klar! Oh, ich war noch nie so aufgeregt! Zum ersten Mal fühle ich mich wie eine richtige Paladin!«

Sie schien viel zu viel Spaß zu haben, um mitzubekommen, was hinter uns vorging.

Wenn es so weiterging, könnten wir problemlos den tiefsten Punkt des Dungeons erreichen und von hier verschwinden!

3

Die innerste Kammer des Dungeons zu erreichen, war fast schon zu einfach. Es dauerte nicht lange, bis wir unser Ziel erreichten. Wenn mich meine Erinnerung nicht täuschte, sollte der Raum des Lichs am Ende dieses Ganges sein.

»Was ist das? Was immer es ist, es muss der Anführer dieser Monster sein.«

Vor Darkness und mir saß ein Schatten im Schneidersitz auf dem Boden vor dem Raum des Lichs und formte Erde zu Puppen.

Er trug einen schwarzen Anzug – ein merkwürdiger Anblick in einem Dungeon – und knetete die Puppen, ohne seine weißen Handschuhe auszuziehen. Zudem hatte er eine Maske, die genauso aussah wie die der Puppen, die er schuf. Die Maske ließ seinen Mund frei und verlieh ihm ein unheimliches Aussehen.

Die Kreatur konnte uns mit unserer Laterne unmöglich nicht bemerkt haben, dennoch schenkte sie uns keinerlei Beachtung. Vielleicht war sie zu sehr in ihre Arbeit vertieft.

Obwohl die Maske das Gesicht verdeckte, deutete der Körperbau darauf hin, dass es sich um einen Mann handelte.

Während ich noch versuchte zu entscheiden, was wir tun sollten, trat Darkness tapfer vor. »Hey, du, was machst du da? Wie ich sehe, machst du eine Puppe. Also steckst du hinter dieser Monsterplage, ja?« Sie hob ihr Großschwert und ging in Kampfstellung.

Der Maskierte hob den Kopf, als hätte er jetzt erst bemerkt, dass er nicht mehr allein war.

Bei näherer Betrachtung erkannte ich, wie groß er war. Er schien keine Waffen zu haben, aber man durfte ihn auch nicht unterschätzen.

Die Augen hinter seiner Maske leuchteten rot auf, und seine Lippen verzogen sich zu einem Grinsen. »Oho ... Alle Achtung, dass ihr es so weit geschafft habt. Willkommen in meinem Dungeon, werte Abenteurer! In der Tat bin ich die Wurzel dieses Übels! Ich bin ein General des Dämonenkönigs, der Höllenfürst, der die Teufel befehligt! Ich bin der Großdämon, der alles in dieser Welt sieht – Vanir!«

Mit einem *so* mächtigen Bossgegner hatte ich nicht gerechnet.

Ich schlich mich zurück in die Dunkelheit des Dungeons. Darkness hielt ihr Schwert erhoben, aber selbst sie schien der Gedanke, einem General des Dämonenkönigs gegenüberzustehen, einzuschüchtern.

Das war nicht gut. Ich war nicht auf die Idee gekommen, dass Darkness und ich uns allein einem General des Dämonenkönigs würden stellen müssen.

Andererseits hatte es vielleicht doch ein paar Anzeichen gegeben. Wie die Kröten, die aus dem Boden gekommen waren, als seien sie vor etwas geflüchtet – vielleicht war es doch keine »Explosion« gewesen, die sie aufgeschreckt hatte. Als Beldia in der Nähe gewesen war, hatten sich die schwächeren Monster auch rar gemacht.

»Darkness. H... Hey, Darkness! Das ist zu viel für uns zwei alleine. Wir sollten zusehen, dass wir hier rauskommen!«

»Was sagst du da? Wie könnte eine Dienerin der Göttin Eris vor einem Dämon und General des Dämonenkönigs fliehen? Ich werde ihn hier und jetzt vernichten, und wenn es mich selbst mein Leben kostet!«

Warum muss sie immer so stur sein?!

Amüsiert reagierte Vanir auf Darkness' Ankündigung. »Oho. Vernichten willst du mich also? Mich, von dem es manchmal heißt, ich sei mächtiger als der Dämonenkönig selbst? Aber ... du, Mädchen, die sich Sorgen gemacht hat, dass der Junge da drüben ihr Sixpack bemerken könnte, als er sie nackt im Bad gesehen hat ... Ich weiß nicht, was du da faselst, aber ich habe gehört, dass es hilft, auf einem kleinen Knochen zu kauen, wenn man wütend ist. Meine Maske besteht zum Teil aus den Knochen eines magischen Drachen. Soll ich dir ein Stück davon abbrechen?«

»S... S... Sixpack! B... Beleidige mich nicht, du dreckige Marionette des Dämonenkönigs! Kazuma! Alles, was er sagt, ist gelogen! Meine Bauchmuskeln sind gar nicht ausgeprägt, und es würde mir definitiv nichts ausmachen, wenn du sie siehst!«

»G... Ganz ruhig, Darkness ... beruhig dich erst mal und dann sehen wir weiter.« Ich hielt Darkness zurück. In dem Versuch, anzugreifen, hatte sie angefangen, ihr Schwert wild herumzuschwingen.

Vanir beachtete die aufgebrachte Paladin nicht weiter und blieb auf dem Boden sitzen. »Oh, beruhig dich. Ich bin nicht hier, um gegen euch zu kämpfen. Ich bin hier, um etwas zu untersuchen, wie es mir unser verehrter Dämonenkönig aufgetragen hat. Außerdem wollte ich zu jemandem in Axel – einer gewissen Ladenbesitzerin, die die außergewöhnliche Fähigkeit hat, immer ärmer zu werden, egal wie viel sie arbeitet.«

Darkness und ich sahen einander an.

4

Neben mir hatte Darkness ihr Schwert erhoben, um jederzeit anzugreifen. Ich dagegen setzte mich auf den Boden, um mir anzuhören, was Vanir zu sagen hatte.

»Zunächst mal, auch wenn ich mich als General des Dämonenkönigs bezeichne, bin ich doch eher halbherzig bei der Sache. Auf Wunsch Seiner Majestät helfe ich lediglich, den magischen Bannkreis um sein Schloss aufrechtzuerhalten. Ich bin das, was die meisten als Teufel kennen. Und unter uns Teufeln sind die negativen Emotionen, die ihr Menschen verströmt und die ihr so verabscheut, die größte Delikatesse. Ihr seid die Quelle unserer Lieblingskost, es wäre also einfach nur Irrsinn, euch zu verletzten oder zu vernichten. Jedes Mal, wenn ein Mensch geboren wird, jubeln wir vor Freude.«

»A... Ach wirklich ...? Aber heizt eine kleine Krise diese Animositäten nicht nur weiter an? Ich meine, solange wir in Frieden leben, produzieren wir doch nicht viel Hass, oder?«

Im Augenblick wirkte Vanir nicht bedrohlich, aber wenn er wirklich ein General des Dämonenkönigs war, würden wir zu zweit nicht mit ihm fertigwerden. Also war es besser, zu reden, statt zu kämpfen.

Allerdings behauptete er auch, er würde nur den Bannkreis um das Schloss des Dämonenkönigs aufrechterhalten. War das nicht genau das, was Wiz auch tun sollte?

Während er sprach, saß Vanir weiter im Schneidersitz auf dem Boden und formte geschickt eine weitere Puppe. »Der Begriff negative Emotionen umfasst eine ganze Bandbreite von Gefühlen. Und jeder Teufel hat seine ganz eigenen Vorlieben. Manche genießen menschliche Angst und Verzweiflung. Andere verkleiden sich als atemberaubende Schönheiten und verführen Männer – um sich dann an ihren bitteren Tränen zu laben, wenn sie sich enttarnen.«

»Ich habe langsam das Gefühl, dass es vielleicht eine gute Idee wäre, dich zu beseitigen.« Ich musterte das abscheuliche maskierte Monster vorsichtig. Offenbar hatte der Dämonenkönig ihn damit beauftragt, sich die Menschen näher anzusehen, die Beldia besiegt hatten.

»Ich habe meine Zeit damit verbracht, die Schergen Seiner Majestät zu ärgern und mich an dem daraus entstehenden Unmut gütlich zu tun. Aber Seine Majestät hat von mir verlangt, mich nützlich zu machen, statt immer nur seine Unterlinge zu schikanieren. Also habe ich seinen Befehl angenommen, hier ein paar Nachforschungen anzustellen, weil ich dachte, das würde mir die Gelegenheit geben, eine alte Freundin in der Stadt zu besuchen. Aber als ich an diesem Dungeon hier vorbeigekommen bin, habe ich festgestellt, dass er herrenlos ist, und beschlossen, mich hier niederzulassen.«

Ich wollte ihn fragen, was aus seinen Plänen, zu ermitteln und seine Freundin zu besuchen, geworden war. Ich wollte ihm sagen, dass man sich nicht so leicht ablenken lassen durfte. Aber wenn ihm das ein neuer Ansporn gewesen wäre, hätte das die Situation für uns nur verschlimmert. Schließlich waren *wir* diejenigen, die Beldia besiegt hatten.

Ich wollte den Kerl einfach sich selbst überlassen und nach Hause gehen, aber eine Sache konnte ich nicht auf sich beruhen lassen. »Du meintest, es würde für euch keinen Sinn ergeben, Menschen zu verletzen, aber was sollen dann die Puppen? Die marschieren aus diesem Dungeon und machen den Stadtbewohnern allerlei Scherereien.«

»Hm? Ich habe diese Spielzeuge benutzt, um die Monster hier drin zu vernichten. Wenn sie jetzt schon nach draußen wandern, bedeutet das wohl, dass keine Monster mehr da sind. In dem Fall höre ich mit der Produktion meiner Vanir-Puppen auf und wende mich meinem nächsten Plan zu.«

»Deinem nächsten Plan ...? Was spielst du hier für ein Spiel?«

Vanir nahm die Puppe, die er gerade geschaffen hatte, und verwandelte sie wieder in Erde. »Spiel, sagst du, junger Mann, der in seinem Zimmer herumgeschlichen ist wie ein Tiger in seinem Käfig und krank vor Sorge war, weil seine gepanzerte Freundin ein paar Tage lang nicht nach Hause gekommen ist? Als Teufel habe ich große Träume. Und ich bin in dieses Land gekommen, um sie wahr werden zu lassen.«

»Hey, lass das! Ich weiß, du hast gesagt, du bist allwissend, aber warum redest du immer so, als wärst du dabei gewesen? U... Und du, hör auf, dich zu winden.«

Neben mir hatte Darkness den Kopf gesenkt, und ihre Wangen waren leicht gerötet, während sie mir verstohlene Blicke zuwarf.

Okay, ja, ich hatte mir Sorgen um sie gemacht, aber *soo* viel war ich nun auch wieder nicht rumgetigert.

»Ich vermute mal, Dämonen sehnen sich nach nichts, was wir als gut empfinden würden. Verrätst du uns, wie dieser ›Traum‹ aussieht?«

Darkness warf Vanir einen bedrohlichen Blick zu, und dieser grummelte eine Zustimmung tief in seiner Kehle.

»Ihr müsst wissen, dass ich seit Äonen existiere. Seit einiger Zeit habe ich nun schon einen höchst außergewöhnlichen Plan entwickelt, um mein Ziel zu erreichen. Ich werde mich an der größten Verbitterung aller Zeiten laben, und dann verschwinde ich einfach in der Dunkelheit ... Diesen Plan hege ich nun schon so lange, dass ich gar nicht mehr weiß, wann mir die Idee ursprünglich kam. Aber wie sollte ich diesen unermesslichen Hass hervorrufen, nach dem ich suchte? Tja, ich hatte da so eine Idee ...«

Ich musste schwer schlucken, als ich das Grinsen sah, das sich auf seinem Gesicht ausbreitete.

»Erst mal bräuchte ich einen Dungeon. Dann würde ich meine Dämonen in allen Räumen platzieren und ihn mit den schrecklichsten Fallen bestücken. Die berühmtesten Abenteurer würden kommen, um sich der Herausforderung zu stellen. Wieder und wieder würden sie ihr Glück versuchen, bis sie das innerste Heiligtum erreicht hätten.« Er hatte angefangen, wild zu gestikulieren, und sprach mit echter Leidenschaft, angefacht vielleicht von seiner eigenen Begeisterung.

»Und dort, im Innersten, würde natürlich ich warten. Und ich würde zu ihnen sagen: ›Wie schön, dass ihr es so weit geschafft habt. Jetzt streckt mich nieder und holt euch die größten Reichtümer!‹ Damit würde der finale Kampf beginnen. Nach einem epischen Kampf würden mich die Abenteurer schließlich überwältigen. Während ich zu Boden sinken würde, würde hinter mir eine versiegelte Truhe erscheinen. Und während mein Bewusstsein schwinden würde, würden die Abenteurer sie aufbrechen …«

Darkness und ich mussten jetzt beide schlucken, doch wir schwiegen.

»… und darin würden sie eine Nachricht finden: Mehr Glück beim nächsten Mal. Ihre ausdruckslosen Mienen zu sehen, während sie das lesen – so möchte ich abtreten.«

»Oh, tu ihnen das nicht an. Das ist zu grausam.«

»Hör zu, Kazuma. Ich denke, wir sollten ihn besser jetzt gleich ausschalten.«

Vanir kicherte nur und sagte: »Meine Freundin hat einen Laden hier in der Gegend. Ich hatte vor, dort zu arbeiten, um Geld zu verdienen und dann mit diesem Geld und den Kräften meiner Freundin das große Labyrinth meiner Träume zu errichten. Aber dann bin ich an diesem Dungeon vorbeigekommen und habe festgestellt, dass er herrenlos ist. Ich dachte, er würde für meine Zwecke reichen, und habe mich hier eingenistet.«

»Das ist ein ziemlich dummer Grund, um in einem Dungeon zu hocken. Aber was schert's mich? Ich weiß jetzt, was du hier treibst. Und es klingt, als würdest du aufhören, diese Puppen zu machen, also haben wir kein Problem miteinander. Meine Freundin und ich müssen nur den magischen Zirkel hinter dir beseitigen.«

»Wa…?! Kazuma, dieser Dämon ist wichtiger als jeder magische Zirkel! Willst du einfach so an einem General des Dämonenkönigs vorbeimarschieren?! Vor dir sitzt ein Feind der gesamten Menschheit!«

Sie hatte nicht unbedingt unrecht, aber was dachte sie denn, was wir zwei alleine gegen ihn ausrichten könnten?

Ich stand auf und hatte vor, den Magiekreis zu zerstören und von hier zu verschwinden.

»Ein magischer Zirkel ...? Oho. Du willst also den magischen Zirkel zerstören, dem nicht mal ich etwas anhaben konnte? Wie nett von dir. Ich weiß nicht, welcher nervige Störenfried den hinterlassen hat, aber wegen dieses widerlichen Gekritzels kann ich den Raum nicht betreten, und das ist echt frustrierend. Wenn du ihn wirklich entfernen kannst, belohne ich dich mit einer speziellen handgefertigten Vanir-Puppe, die mitten in der Nacht gackert.«

»D... Danke, aber nein, danke. Ehrlich gesagt ist der Kreis auch für uns ein Problem. Sobald wir ihn beseitigt haben, gehen wir wieder. Und dann kannst du tun und lassen, was du willst.«

Ich hatte geradeheraus erklärt, dass wir den Zirkel zerstören und dann gehen wollten, doch Vanir hakte nach: »Und wieso genau würde dir der Zirkel schaden? Warte, lass mich einen Blick in deine Vergangenheit werfen ...«

Er klang wirklich neugierig und tat so, als sei es keine große Sache für ihn, in meine Vergangenheit zu blicken.

Hey, Moment mal ...!

»Wah ha ha!« Vanir schien etwas gefunden zu haben, bevor ich ihn aufhalten konnte. Er lachte trocken.

Darkness stellte sich vor mich, als wolle sie mich vor dieser neuesten Entwicklung schützen.

»Wah ha ha ha! Wah ha ha ha ha ha ha ha! Waaah ha ha ha ha ha ha ha ha! Wenn Ironie genauso köstlich wäre wie Feindseligkeit, könnte ich jetzt ein Festmahl genießen! Es war deine Priesterinnenfreundin, die diesen elenden Zirkel geschaffen hat! Magie anzuwenden, die nicht einmal ich durchdringen kann ... diese Priesterin muss unglaublich ...«

Das war gar nicht gut. Ich verstand zwar nicht ganz, was vor sich ging, aber offensichtlich war sein Interesse geweckt.

Vanir stand langsam auf, und seine Augen leuchteten rot hinter der Maske. Es war nicht das Rot des Klans des Roten Dämons. Die Farbe war eindeutig teuflisch – ein Ton, der mit den Urängsten der Menschen spielte. Die Farbe von Blut.

»Oho … Ich sehe es! Da oben! Ich sehe, wie die Priesterin seelenruhig am Eingang dieses Dungeons Tee trinkt!«

Stimmte das? Wenn ja, wollte ich nichts lieber, als wieder da hochgehen und Aqua fragen, wer genau uns ihrer Meinung nach diesen Schlamassel eingebrockt hatte. Und ihr vielleicht nur zur Sicherheit auch noch eine Kopfnuss verpassen.

Vanir funkelte mich durch die Maske an. »Also, junge Frau, die eine Wette gegen diesen Mann verloren hat und sich jetzt unruhig fragt, was er ihr Schreckliches antun wird, ungeduldig darauf wartet, darauf hofft, und junger Mann, der sich nervös fragt, was er dieser jungen Frau antun soll, nachdem das alles hier vorbei ist – ich bitte euch, zur Seite zu treten! Schaut nicht so besorgt. Ihr wisst, dass ich nie einen Menschen töten würde. Und das werde ich auch nicht. Ich töte keine … *Menschen*. Aber ich werde mich für diesen lästigen Magiezirkel rächen!«

»Ich bin nicht unruhig – oder ungeduldig – und ich hoffe schon gar nicht! Erfinde nicht einfach irgendwas! H… H… Hör einfach auf, überhaupt was zu sagen!«

»J… Ja, sie hat recht! Ich bin auch nicht nervös! Ü… Überhaupt nicht!«

Irgendwie hielten wir den Spielchen dieses Teufels stand, der uns mühelos durchschauen konnte.

Vanir trat einen Schritt vor. Dieser Teufel, der alles sehen konnte, hatte gerade geschworen, dass er keine *Menschen* töten würde. Bedeutete das, dass er Aquas wahre Identität bereits durchschaut hatte …?!

Darkness richtete ihr Schwert auf Vanir, als er auf uns zukam. »Wenn du Aqua etwas antun willst, kann ich dich nicht kampflos ziehen lassen. Als Paladin im Dienst unserer Herrin Eris kann ich dich nicht gehen lassen!«

»Wie ich sehe, bist du nicht nur stark, sondern auch stur, Mädchen. Wenn ich wollte, könnte ich euch beide gleich hier mühelos beerdigen. Aber ich habe kein Verlangen, Menschen zu töten. Schon allein deshalb nicht, weil ich nicht wissen kann, ob nicht einer von euch mir eines Tages helfen könnte, die größte Verbitterung zu erreichen. Und jetzt rennt nach Hause und bringt diese ›schreckliche Sache‹ hinter euch, auf die ihr beide euch so freut. Ich, der allwissende Teufel, kann euch versprechen: Wenn ihr jetzt geht, wird alles, wie ihr es euch wünscht. Niemand wird euch stören oder unterbrechen.«

D… Dieser Typ …!

»Hör nicht auf ihn, Darkness! Er ist ein Teufel! Er will uns einwickeln!«

»W… Wer lässt sich denn einwickeln?! Für solche Dinge gibt es einen richtigen Ort und eine richtige Zeit, Kazuma!«

Warte, wie jetzt? Ich lass mich von ihm täuschen und sie … nicht?

Schöner allwissender Teufel. Und ich hatte gedacht, dieses ganze Gerede von »junge Frau, die ganz unruhig ist und ungeduldig wartet« sei tatsächlich wahr.

Doch als ich verstohlen zu Darkness linste, sah ich, dass ihre Wangen leicht gerötet waren, und das Zittern ihrer Schwertspitze deutete auf einen inneren Konflikt hin.

»Wah ha ha ha ha ha! Hach, ihr süßen Feiglinge! Als Mann und Frau durchaus aneinander interessiert, aber unfähig, diese Grenze als Partykameraden zu überschreiten. Und jetzt, aus dem Weg! Sobald ich weg bin, könnt ihr gern den Raum mit eurem kostbaren Magiezirkel betreten. Lasst euch da drin so viel Zeit, wie ihr wollt – und dann geht nach Hause!«

Was für ein Teufel! Waren wir je einem Gegner begegnet, der uns eine solch teuflische Falle gestellt hatte?

»Kazuma, lass dich nicht verführen! Wie könnten wir weiter unter einem Dach leben, wenn wir eine so merkwürdige Beziehung hätten? Konzentrier dich!«

»Hm? J... Ja, konzentrier dich, ich! Wir reden hier von Darkness! Hübsch anzusehen und definitiv mein Typ, aber du weißt, wie sie wirklich ist! Lass dich nicht von einer vorübergehenden Begierde mitreißen!«

»H... Hey, dafür wirst du noch bezahlen ...!«

Puh, dieses Mädel ist so anstrengend!

»Ho ho! Ihr lasst euch also nicht von meinen Verlockungen verführen, was? Tja, was mach ich denn da nur? Die meisten meiner Fähigkeiten sind so mächtig, dass es schon unfair ist. Da ist zum Beispiel mein Vanir-Todesstrahl. Wenn ich euch Menschen damit treffe, würdet ihr sterben. Und selbst wenn ich nicht treffen würde, würdet ihr sterben. Und dann ist da noch mein Vanir-Augenstrahl. Dieser Skill hat allerdings den Nachteil, dass ich mir selbst die Augen verbrenne, wenn ich ihn anwende, deshalb habe ich ihn noch nicht ...«

»Sch... Schluss jetzt! Ich hab das Gefühl, ich werd verrückt, wenn ich mit dir rede! Ich lasse nicht zu, dass du Aqua und die anderen erreichst! Wenn du sie unbedingt haben willst, musst du erst an mir vorbei!« Darkness ergriff die Initiative und stürzte sich auf Vanir.

5

Vanir lachte nur fröhlich, als er Darkness' Attacken einer nach der anderen auswich. »Wah ha ha ha ha ha! Deine Hiebe sind genauso ungenau wie beherzt, Mädchen! Hm …? Wo ist dein Freund hin? Der, der so gern redet?«

Er drehte sich in alle Richtungen, um herauszufinden, wohin ich verschwunden war.

Tut mir leid, dass ich nichts Pompöseres zu bieten habe. Aber ich muss hier auf Anfängerskills zurückgreifen!

»Wo guckst du denn hin? Ich bin direkt vor dir!«, rief Darkness.

»Wo ist dieser durchtriebene kleine Junge hin? Ich hab das dumpfe Gefühl, er ist sehr viel gefährlicher als eine verblendete Paladin. Ich kann ihn immer noch spüren, aber wo …?«

Während Darkness Vanir beschäftigt hielt, hatte ich meine Laterne abgestellt und »Verstecken« angewandt, um mich hinter ihn zu schleichen. *Durchtrieben*? Was hatte er denn erwartet? Wer wäre schon so dumm, sich einem General des Dämonenkönigs im direkten Kampf zu stellen?

»Halt deinen Blick gefälligst auf mich gerichtet, wenn du mit mir kämpfst!« Darkness schlug mit einem Seitenhieb nach Vanir.

Vanir machte daraufhin einen Satz zurück – sodass er direkt mit dem Rücken zu mir stand. Ich deaktivierte »Verstecken« und legte all mein Gewicht in einen Tritt gegen seine Wirbelsäule.

»Gurgh?! Du Feigling! Wann hast du …?! Hrk …?!«

Er stolperte nach vorn – und direkt in die Bewegung von Darkness' Klinge.

Sie mochte ungeschickt sein, aber sie hatte Kraft im Überfluss. Ihr Schwert ging durch ihn durch. Sein linker Arm flog durch die Luft, und in seinem Torso klaffte eine tiefe, tödliche Wunde. Er fiel auf die Knie ...

»Unmöglich! Die Vorstellung, dass ich ...! Ich habe euch unterschätzt ...! Wer hätte geahnt, dass solch würdige Gegner wie ihr in dieser Anfängerstadt lauern? Hrr ... Undenkbar ... dass ich hier ... sterben ... soll ...«

Mit diesen Worten löste sich Vanirs Körper mit Anzug und allem in Staub auf, nur die Maske blieb zurück.

Die Laterne, die im Kampf umgeworfen worden war, warf ihr schwaches Licht auf die Szene. Das einzige Geräusch war Darkness' angestrengter Atem.

»Wie jetzt ...? Habe ich gerade ... einen General des Dämonenkönigs besiegt?« Darkness schien es selbst kaum glauben zu können. Sie hatte ihr Schwert umklammert und zitterte vor Aufregung.

»Normalerweise, wenn du so was sagst wie: ›Hab ich es wirklich geschafft?‹, hast du das definitiv nicht. Aber auch Vanir selbst wirkte ziemlich überrascht, zweigeteilt worden zu sein. Vielleicht haben wir zur Abwechslung mal wirklich was erreicht.«

»Ganz wie ich erwartet hatte«, ertönte plötzlich eine Stimme. Sie schien aus der Maske zu kommen, die auf dem Boden lag.

Der Staub erhob sich zu einer menschlichen Gestalt. Kurz darauf war diese Gestalt in einen Anzug gehüllt, genauso wie sie vor ein paar Minuten ausgesehen hatte.

»Hast du etwa geglaubt, ihr hättet mich bezwungen? Es tut mir leid, euch sagen zu müssen, dass ihr mir nicht mal ein Haar gekrümmt habt. Wah ha ha ha ha ha! Waaah ha ha ha ha ha ha ha! Hach, diese Boshaftigkeit! Herrlich!«

Oh Mann! Ich bring den Kerl um!

»Was denn, dein Körper besteht nur aus Staub? Die Generäle des Dämonenkönigs werden immer verrückter!«

»Oooch ... Ich dachte, wir hätten ihn geschlagen ... Ich dachte, eine meiner Attacken hätte endlich getroffen und ich hätte einen General des Dämonenkönigs vernichtet ... Ich dachte, ich hätte endlich wettgemacht, dass ich im Kampf gegen den Destroyer nicht viel geleistet habe ...« Darkness' Schwert zitterte, während sie niedergeschlagen vor sich hin murmelte.

Vanir dagegen lachte fröhlich. »Wah ha ha ha! Dieser falsche Körper wird durch meine Magie geschaffen – die Maske ist meine wahre Gestalt! Ihr könnt meinen Körper so oft treffen, wie ihr wollt – er wird nur zu Staub zerfallen. Und dann leite ich Unmengen Magie in die Erde, Blütenblätter tanzen, Schmetterlinge steigen auf ...«

»Das ergibt überhaupt keinen Sinn! Mit dir zu reden, bereitet mir Kopfschmerzen! Verdammt. Darkness, was sollen wir machen? Versuchen wir einen taktischen Rückzug?«

»Niemals! Er hat meine Ehre als Ritter beleidigt! Dafür muss er bezahlen ...!«

Während Darkness noch entschlossen ihre Absicht verkündete, geschah es.

»Mh-hm. Verstehe. Ich hab jetzt keine Zeit, mich mit euch zu amüsieren. Aber ich habe eine spezielle Fähigkeit für solche Gelegenheiten. Seht her: Ich werde niemanden verletzen, aber ich werde all euren Hass auf mich ziehen!«

Vanir nahm mit der rechten Hand seine Maske ab.

»Hey, Darkness! Mir gefällt das ganz und gar nicht! Geh weg von ihm!«

»Zu spät, zähe Paladin! Ich werde mir deinen Körper leihen!«, bellte Vanir und warf die Maske auf Darkness ...

6

»Darkness …? H… Hey, Darkness! Antworte!«

Die Maske hatte Darkness mitten im Gesicht getroffen, und jetzt stand sie da und trug sie. Sie blickte zu Boden, und ihr Schwertarm hing schlaff herunter. Sie rührte sich nicht.

Das gefiel mir gar nicht.

Wenn ich an Vanirs Worte dachte und mir Darkness jetzt ansah, musste ich davon ausgehen, dass er Besitz von ihr ergriffen hatte.

Vanirs ursprünglicher Körper war zu Staub zerfallen, nachdem er die Maske geworfen hatte.

Darkness schwankte leicht, dann hob sie den Kopf mit der Maske …

»Wah ha ha ha ha ha! Waaah ha ha ha ha ha! Jetzt hör mir zu, du unverschämter Kerl! Mit meiner Macht … **(Was soll ich tun, Kazuma? Er hat meinen Körper übernommen!)** Wie sieht's aus, du Insekt? Bringst du es fertig, diesen … **(Ist mir egal! Greif uns an! Jetzt gleich! Das ist die beste Gelegenheit!)**«

Ein nahezu unverständlicher Wortschwall ergoss sich aus Darkness' Mund.

»Was redet ihr zwei da?«

»Was zur Hölle? Was ist dieses **(wunderschöne!)** Mädchen? Hör auf, mich zu unterbrechen! Was geht hier vor? Ihr Geist ist so widerspenstig … **(Ich bin die perfekte Paladin!)** Du wirst wirklich lästig!«

Puh. Man hätte meinen können, dass wir ein echtes Problem hätten, aber Darkness schien die Sache ziemlich gut unter Kontrolle zu haben. Sie schien sich sogar irgendwie zu amüsieren.

»Wie kann dieses Mädchen stark genug sein, sich meiner Kontrolle zu widersetzen? **(Ooh, mach weiter ...)** Aber je länger du dich wehrst, desto stechender wird der Schmerz werden! **(W... Was?!)** Wah ha ha ha ha! Mal sehen, wie lange du das durchhalten kannst ... Was ist das? Du zeigst keinerlei Feindseligkeit? Du scheint sogar eher so was wie ... Freude zu empfinden?«

Da Vanir und Darkness offenbar nicht weiterkamen, beschloss ich, die Chance zu nutzen, um zu tun, weswegen ich gekommen war. Ich trat in den Raum des Lichs und benutzte die Magievernichter, um den magischen Zirkel zu entfernen.

Noch beim Arbeiten konnte ich sie hören: »**(Ich ... ich werde mich diesem Schmerz nicht ergeben ...!)** Deine Entschlossenheit ist beeindruckend. Aber wenn du weiter versuchst, mir zu widerstehen, leitest du damit nur die Zerstörung deines eigenen Geistes ein ... Sag mir nicht, du genießt das ...?!« Vanir klang aufrichtig verwirrt.

Ich war mit der Säuberung fertig und kehrte zu den beiden zurück, die immer noch um die Kontrolle über Darkness' Körper rangen.

»Okay, Darkness, alles erledigt. Jetzt müssen wir nur zurück an die Oberfläche. Dann können wir Aqua einsammeln und den Rückzug antreten.«

Ich war auf Darkness zugegangen, während ich sprach, doch sie hatte ihr Schwert auf mich gerichtet. »Keinen Schritt weiter, Junge. **(Keine Sorge, Kazuma! Lass mich hier zurück und geh!)** Du denkst doch wohl nicht, dass es so einfa... **(Ach, das wollte ich schon immer mal sagen!)** Du willst doch sicher nicht, dass dieses Mädchen, das du nicht nicht magst, verletzt wird. **(?!)** Wenn sie sich weiter gegen meine Macht sträubt ... **(K... Kazuma! Hab ich richtig gehört, was dieser selbst ernannte**

allwissende Teufel gerade gesagt hat?) Wenn du das also verhindern willst, erklär ihr … **(Ich bin ja so glücklich. Aber … unser gesellschaftlicher Stand ist so unterschiedlich. Und wir gehören zur selben Party …)** *Wirst du jetzt still sein?!*«

»Ihr seid jetzt beide still! Ernsthaft, könntet ihr *bitte* nacheinander reden? Ich hab keine Ahnung, was einer von euch sagt.«

Vanir und ich brüllten beide, doch ich war lauter als er.

»Hrr … Wie es scheint, war dieser Körper ein Fehler. **(Hey, so was sagt man nicht über den Körper von jemandem!)** Ich bitte dich noch mal, still zu sein! Ich gehe ja schon, also sei still!«

Offenbar konnte Vanir Darkness' eisernen Willen nicht kontrollieren und hatte beschlossen, sich zurückzuziehen.

Ich war ziemlich beeindruckt – unsere partyeigene Perverse hatte einen General des Dämonenkönigs in die Knie gezwungen.

Vanir ließ die Schultern sinken und hob die Hand, um die Maske abzunehmen.

Da dämmerte mir etwas: Wäre es nicht schlecht, wenn Vanir seine Macht zurückbekäme? Schließlich konnte er sich, solange er die Maske hatte, immer wieder einen neuen Körper machen, wenn er in Schwierigkeiten geriet. Außerdem hatte er damit geprahlt, dass er diese fiesen Strahlen oder was auch immer hatte. Ich fragte mich, ob er diese Fähigkeiten nutzen konnte, solange er in Darkness' Körper steckte.

Wenn Vanir Ernst machte, hätten Darkness und ich keine Chance, ihn davon abzuhalten, an die Oberfläche zu gelangen. Aber was, wenn wir ihn in Darkness' Körper gefangen hielten? Er würde in einem menschlichen Körper stecken, an den er nicht gewöhnt war, und Darkness würde ihm das Leben zur Hölle machen. Wir mussten ihn also nur in Darkness' Körper unter Verschluss halten und sie zur Oberfläche bringen, damit Aqua etwas unternehmen konnte.

Das war der perfekte Plan. Er wollte Aqua unbedingt treffen, also würde er auch dafür sorgen, dass es passierte.

Ich trat auf Vanir zu, als er versuchte, die Maske abzunehmen. Dann zog ich den Talisman, den Sena mir gegeben hatte, heraus und klebte ihn ihm auf die Stirn.

»Was soll das, Junge? Was ist das? Ich kann es nicht berühren ... Du ... Was ist das für ein Siegel? Wenn ich versuche, meine Maske zu berühren, werden meine Finger abgestoßen. **(Hm. Es glitzerte vor meinen Augen und es ist irgendwie nervig ... Warte mal, Kazuma, ist das nicht ...?)**«

Die beiden bemühten sich redlich, den Talisman zu entfernen, aber derjenige, dem es auferlegt worden war, konnte es nicht brechen.

»Das ist das Siegel, das Sena mir gegeben hat. Okay, Darkness, wir bringen dich und das Siegel jetzt nach oben. Wir lassen Vanir in deinem Körper, bis wir bei Aqua sind. Sie exorziert ihn dann einfach aus dir raus.«

»**(Wa...?!)**«

Sie protestierten in perfektem Einklang.

7

Inzwischen waren genug der Puppen im Dungeon vernichtet worden, dass sie uns nicht mehr in die Quere kamen.

»Junge! Dieses Mädchen leidet Höllenqualen, während sie versucht, mir zu widerstehen! Sie wird an dem Schmerz zerbrechen! Du solltest besser schnell das Siegel entfernen, sonst ... **(Du hast ihn gehört, Kazuma! Ich bin hier in ernster Gefahr ... Aaah, so was Intensives habe ich noch nie gefühlt – er ist wirklich**

ein General des Dämonenkönigs! Ich glaube nicht, dass ich noch lange ... durchhalten kann ...!)«

Vielleicht war es der Schmerz, der dazu führte, dass Darkness der Schweiß über das Gesicht lief und sie schwer atmete. Offenbar hatte sie im Kampf um ihren Körper die Oberhand, zumindest für den Moment.

Auf dem Weg nach draußen begegneten wir den anderen Abenteurern, die mit uns hier runter gekommen waren. Sie starrten die maskierte Darkness an, aber wir hatten keine Zeit, uns mit ihnen zu beschäftigen.

»Nur noch ein kleines Stück weiter, Darkness. Halt durch! Sobald wir oben sind, ist das Schlimmste überstanden.«

»Hmmm ... Wie konnte es zu dieser ... seltsamen Wendung kommen ...? **(Mach dir um mich keine Sorgen!)**«

»Was hast du gerade gesagt?«, fragten Vanir und ich gleichzeitig.

Ich gebe zu, ich hatte so meine Zweifel darüber, den General an die Oberfläche zu bringen. Andererseits durfte man nicht den Körper vergessen, in dem er steckte. Darkness war mehr als nur ein bisschen ungeschickt. Wenn sie fünfmal auf einen Strohballen einschlug, verfehlte sie mindestens einmal. Manchmal wollte ich sie fragen, wie sie es mit einer so schlechten Trefferquote so weit geschafft hatte. Mit ihr als Gegner sollten die Abenteurer an der Oberfläche also ausreichen, um sie zurückzuhalten, sollte es Ärger geben.

»Großartig gemacht, Darkness! Aqua kann sich um den Rest kümmern. Du lässt dich einfach von den anderen Abenteurern festhalten und ...«

Ich wurde vom Sonnenlicht unterbrochen, das mir in die Augen schien.

»Wah ha ha ha ha! Waaah ha ha ha ha ha ha! Mit wem genau redest du eigentlich?«

Er klang nicht mehr, als würde er noch mit Darkness ringen.

Das kann nicht ...

»Ich habe die volle Kontrolle übernommen. Du hast mich unterschätzt, Junge. Ich habe mich bis eben zurückgehalten. Ich wusste, deine Freunde würden ihre Vorsicht fahren lassen, wenn ich ihnen in dieser Gestalt begegne. Warte nur, bis ich deiner kleinen Priesterin gegenüberstehe! Ich mach sie fertig, bevor sie auch nur Hallo sagen kann!« Vanir rannte die Stufen hoch und bewegte sich so schnell, dass ich ihm nicht folgen konnte, und das, obwohl er die schwere Vollrüstung trug.

Oh Mann! Das war *gar* nicht gut! Er war hinter Aqua her. Vermutlich würde niemand versuchen, Darkness aufzuhalten, auch wenn sie eine komische Maske trug.

»Darkness, öffne die Augen! Ich weiß, dass mehr in dir steckt! Willst du dich einfach so einem Dämon geschlagen geben?!«

»Wah ha ha ha ha! Es ist sinnlos, Junge! Was immer in diesem Mädchen ›steckt‹, nach einem bestimmten Maß an Qualen ... **(N... Neiiiin!)** H... Hey, du! Jetzt reicht's aber mit den Unterbrechungen!«

Verdammt – unsere Perverse konnte wohl wirklich nicht mehr.

Vanir hatte jetzt die volle Kontrolle über Darkness. »Kommen wir zum glücklichen Wiedersehen. Alle werden so froh sein, ihre Gefährten unversehrt aus dem Dungeon kommen zu sehen. Und dann, meine elende uralte Erzfeindin, wirst du herausfinden, dass ich Besitz von deiner Freundin ergriffen habe! Und was willst du dann tun?!« Brüllend stürmte er aus dem Dungeon ...

»*Heiliger Exorzismus!*«

»**(Aaaaaaah!)**«

... und wurde augenblicklich von Aqua, die bereits am Eingang gewartet hatte, in weiße Flammen eingehüllt.

8

Vanir wurde gegrillt, sobald er aus dem Dungeon trat. Er brach auf ein Knie.

»D... Darkness!«

Natürlich steckte er immer noch in Darkness' Körper.

Ich eilte aus dem Dungeon und an ihre Seite, um zu sehen, ob es ihr gut ging. Aber ihr Körper zeigte keinerlei Brandspuren.

»W... Wah ha ha ... Wah ha ha ha ha ha ... Waaaaah ha ha ha ha ha ha ha ha!«

Genau genommen schien auch Vanir, dafür dass er gerade eine volle Ladung von Aquas Magie abbekommen hatte, ziemlich fit zu sein.

»Hey, pass doch auf, Aqua! Was tust du denn da, Darkness so mit Magie abzuschießen?! Willst du, dass ich einen Herzinfarkt kriege?«

Aqua ließ sich von meiner Schimpftirade allerdings nicht beeindrucken. »Wovon redest du? Diese Magie hat bei Menschen keine Wirkung. Ich habe eine böse Präsenz gespürt, also dachte ich, ich versuche es einfach ...«

»**(A... Ach ja ...? Dann ist ja gut. Aber ich hab mich ganz schön erschreckt ... Vielleicht warnst du mich das nächste Mal vor ...)**«

Darkness' Bewusstsein war an die Oberfläche zurückgekehrt,

der Angriff musste Vanirs Kontrolle also geschwächt haben.

»Hey, Aqua! Darkness ist von einem General des Dämonenkönigs besessen! Wir haben es mit einem Teufel zu tun! Das ist doch deine Spezialität, oder?«

»E… Ein General des Dämonenkönigs?!«, antwortete Sena in einiger Entfernung, bevor Aqua reagieren konnte.

Aqua runzelte irritiert die Stirn und ging auf Darkness zu. Schnell hielt sie sich die Nase zu. »Urgh! Dieser Geruch! Das ist definitiv der Gestank eines Teufels! Unrein, Darkness! Unrein!«

»**(Waaa…?! I… Ich glaub nicht, dass ich so schlimm rieche …!)**« Tränen glitzerten hinter der Maske.

»Ha ha ha ha ha … **(Kazuma, riech an mir! Sag mir, ob ich stinke!)** Wah ha ha ha ha, waaaah ha ha ha ha ha! **(Und selbst wenn es so sein sollte, liegt das nur daran, dass wir durch den Dungeon gerannt sind.)** Du hältst jetzt den Rand! Das ist der Moment der Wahrheit – und du wirst still sein!«

Nachdem auch Vanir sie gescholten hatte, traten weitere Tränen in ihre Augen.

»Wah ha ha ha! Erst mal will ich mich vorstellen, oh Priesterin, die denselben Namen trägt wie diese widerliche und berüchtigte Wassergöttin. Ich bin Vanir, Höllenfürst und General des Dämonenkönigs. Vanir, der Großdämon!«

Es musste Vanir wohl einige Mühe kosten, diese Worte auszusprechen, denn Darkness schien jetzt die Kontrolle über ihren Körper zu haben. Während Vanir seine große Rede schwang, trat ihr Körper gelangweilt nach ein paar Steinen.

Moment mal. Hatte er Aqua gerade eine »Priesterin, die denselben Namen wie die Wassergöttin trägt« genannt? Er *wusste* also, wer sie wirklich war.

»Mich mit Dämonen exorzierender Magie anzugreifen, bevor ich mich auch nur vorstellen konnte – was für eine Begrüßung! Wah ha ha ha ha! Deshalb mag niemand die axistische Kirche! Hast du gar keinen Sinn für Anstand?«

»Von wegen! Du bist nichts weiter als ein Teufel. Was hat das mit Anstand zu tun? Ihr seid schlimmer als die Untoten, und schon die verstoßen gegen die Gesetze der Götter! Ihr Teufel seid nichts weiter als Parasiten, die menschliche Feindseligkeiten brauchen, um zu leben! Pfft he he he!«

Dann verfielen beide kurzzeitig in Schweigen ...

»*Heiliger Hoheitsexorzismus!*«

»Von wegen!«

Aqua hatte versucht, Vanir mit einem Überraschungsangriff zu erwischen, doch er wich zur Seite aus.

»Och, Darkness! Warum bist du ausgewichen? Halt doch bitte still!«

»**(Selbst wenn du mich darum bittest, mein Körper ...)**«

Während Vanir und Aqua in Kampfstellung gingen, kamen Sena und Megumin zu mir.

»Kazuma! Kazuma! Was geht hier vor?! Warum trägt Darkness diese Maske? Das ist gemein! Ich will auch eine Maske! Bei so einer Maske schlägt das Herz eines Mitglieds des Klans des Roten Dämons höher!«

»Hör auf! Sei nicht dumm! Darkness' Körper ist von einem General des Dämonenkönigs besessen. Diese Maske ist seine wahre Gestalt – kannst du irgendwas dagegen unternehmen?«

»Herr Sato, wie in aller Welt ist das passiert? Ich habe diese Kreatur auf Steckbriefen gesehen. Das ist Vanir, General des Dämonenkönigs, ein Teufel, der überragende Fähigkeiten im Vorhersehen und Wahrsagen hat und alles sieht. Was macht eine solche Bedrohung hier?!« Sena war leichenblass und schien am Ende ihres Lateins zu sein.

»Er ist gekommen, um herauszufinden, wer Beldia, den anderen General des Dämonenkönigs, vernichtet hat. Er hat noch ein paar andere beunruhigende Pläne, aber die können warten. Für den Moment habe ich den Talisman, den Sie mir gegeben haben, benutzt, um ihn in Darkness' Körper zu versiegeln.«

Sena klappte die Kinnlade runter. »Eingesperrt?! Im Körper Ihrer Freundin?! Sie sind doch ...! Sie sind doch echt ...!«

»Wir scheinen allerdings ein echtes Problem zu haben. Der Teufel kann offenbar Aquas Exorzismusmagie widerstehen. Vielleicht hat er sich gerade deshalb Darkness' Körper ausgesucht. Sie ist eine Paladin, eine heilige Ritterin, die den Göttern dient. Sie hat eine besonders starke Abwehr gegen Lichtmagie. Lösen wir das Siegel und befreien das Monster erst mal.«

Nachdem ich mir Megumins Vorschlag angehört hatte, beobachtete ich Vanir, der dabei war, Aquas Magie auszuweichen. Er nutzte Darkness' normalerweise so tollpatschigen Körper geschickt, um Aquas Attacken auszuweichen, obwohl er in der schweren Rüstung steckte.

Mann, und ich hatte gedacht, ihn in Darkness einzuschließen, würde es leichter machen, ihn zu besiegen. Ich hatte ja keine Ahnung, dass in ihrem Körper so viel ungenutztes Potenzial steckte.

»Befreien? Solange er in Darkness' Körper steckt, kann er nur mit ihrem Schwert angreifen, aber er hat was erzählt, dass er einen Todesstrahl oder so was besitzt. Ihn freizulassen, würde ihn wahrscheinlich sehr viel gefährlicher machen.«

Inzwischen hatten sich die anderen Abenteurer dem Kampf angeschlossen und versuchten, Vanir festzuhalten, sodass Aqua ihre Magie wirken konnte.

»D... Das gefällt mir nicht ... Wenn das so weitergeht ...«

»S... Sieht nicht gut für uns aus, was?« Erneut folgte ich Megumins Blick auf die Schlacht.

»Verdammt! Wer hätte gedacht, dass Darkness so was draufhat?!«

»Ich kann sie nicht treffen! Sie blockt einfach alles ab! Und sie hat ein paar fiese Attacken – und sie ist dabei so schnell! Wir können froh sein, dass sie sich zurückhält, sonst wären wir erledigt!«

»Wah ha ha ha ha ha! Dieser Körper ist ziemlich nützlich! Starke Muskeln und große Ausdauer. Außerdem widersteht er dieser abscheulichen göttlichen Magie! **(Ooh ... Ich hasse es, meinen Abenteurerkameraden so viel Ärger zu machen, aber es freut mich doch irgendwie, dass ich sie alle in Schach halten kann ...)**«

Ja, Mensch, wie schön, dass wenigstens *eine* sich freuen konnte.

»Komm schon, Darkness! Halt endlich still! Wir wollen dir doch helfen! Willst du unsere Hilfe nicht? Kann es vielleicht sein, dass du es insgeheim genießt, die Abenteurer zu vermöbeln, die sich normalerweise über dich lustig machen?«

»**(N... Nein!)** Wah ha ha ha ha ha ha! Nichts als Welpen und Frischlinge! Nur nicht schüchtern – messt euch mit mir!«

Vanirs Spott machte Darkness' Situation nicht besser. Die Abenteurer um sie herum wirkten immer ungehaltener.

»Darkness! Bild dir bloß nichts ein, nur weil ein paar deiner Attacken mal getroffen haben!«

»Und ich dachte immer, du seist die Normalste in Kazumas Party! Aber jetzt ...«

»Umzingelt sie! Kreist diese Möchtegernpaladin ein!«

»**(D... Das war nicht ich, die sich über euch lus...)** Wah ha ha ha ha ha haaa! Nicht mal ein ganzer Schwarm von euch Fliegenschissen wäre mir gewachsen! **(Aaaaah ...)**«

Vanir sprach mit Darkness' Stimme, also konnten die Abenteurer nicht sagen, ob sie oder der Dämon sie auslachte. Sie wurden einfach immer wütender, bis ihre Sticheleien schließlich auf Darkness abzielten, nicht auf Vanir.

»Ich kann nicht zusehen, wie Darkness so gnadenlos fertiggemacht wird, obwohl sie einfach nur vom Feind besessen ist. Können wir denn gar nichts tun?!« Megumin zerrte heftig an meinem Ärmel.

Ich betrachtete das Schlachtfeld. Unter einem beständigen Sperrfeuer von Beleidigungen überwältigte Darkness eine ganze Schar Abenteurer.

»**(Oh ... Die, mit denen ich mich sonst so nett unterhalte, sehen mich jetzt so hasserfüllt an ...)** Darüber bist du ... glücklich? Was soll das?«

»Ich weiß nicht. Sie scheint sich gut zu amüsieren.«

»T... Trotzdem müssen wir ihr helfen! Hast du denn keine Idee?!«

Egal wie oft Megumin noch fragte, in ihrem gegenwärtigen Zustand war es nicht leicht, mit Darkness fertigzuwerden. Die Wahrheit war, ich hatte keine Ahnung, wie wir diesen Dämon bezwingen sollten. Selbst Aquas Magie zeigte kaum eine Wirkung. Was sollte ich also tun ...?

»Würdest du endlich aufgeben?! Ich hab langsam echt die Nase voll von dir!«

»Du bist es also leid, ja? Ihr Menschen wendet Taktiken an – miese Tricks! Aber denkt nicht, dass ich hier noch lange meine Zeit mit euch verschwende, nur weil ich gesagt habe, ich würde niemanden umbringen!«

Der Kampf zwischen Vanir und Aqua hielt an.

Die Abenteurer hatten erkannt, dass Aqua Vanirs Ziel war, und bildeten eine Mauer, um sie zu schützen. Aqua sandte immer wieder Exorzimusmagie über sie hinweg, aber keiner der Gegner schien die Oberhand gewinnen zu können.

Schließlich jedoch kippte das Kräftegleichgewicht zu Vanirs Gunsten. Er musste ein Gefühl für Darkness' Körper entwickelt haben, denn er packte ihr gewaltiges Schwert mühelos und fegte die Waffen der Abenteurer beiseite.

Wenn auch in sonst nichts, zumindest in Sachen Kraft und Ausdauer war Darkness ihren Gegnern meilenweit überlegen. Zusammen mit der Kampferfahrung, die der Teufel in seinem langen Leben gesammelt hatte, und der Geschicklichkeit, die er ihr verlieh, konnte die sonst so nutzlose Paladin es mit zehn oder mehr Leuten gleichzeitig aufnehmen.

»Hey, bilde ich mir das nur ein oder wirkt sie heute irgendwie glücklich? Sie strahlt regelrecht ...«

»Hör auf zu quatschen und hilf mir ... Hm?!«

Einem der Abenteurer war es schließlich doch nicht mehr gelungen, Vanirs Attacken abzuwehren, und er wurde von einem mächtigen Seitenhieb von Darkness' Schwert getroffen. Die Frontlinie brach zusammen.

Bei diesem Anblick stieß Megumin einen kleinen Schrei aus.

»Wah ha ha ha ha ha! Es ist an der Zeit, unsere Rechnung zu begleichen, meine alte Feindin! Und ich werde sie mit der Hand deiner Freundin eintreiben. Was könnte mich mehr erfreuen?!«

»Hey, hey, Darkness! Ich glaub an dich! Du bist stärker als so ein Teufel, stimmt's? D... Dir geht's doch gut da drin, oder? Darkness! Hörst du mich?!«, rief Aqua, während sie immer weiter zurückwich, doch es kam keine Antwort von Darkness.

Jetzt, wo das empfindliche Kräftegleichgewicht zwischen Vanir und den Abenteurern gebrochen war, war es nur noch eine Frage der Zeit, bis er die letzte Kampflinie erreicht hätte und Aqua direkt angreifen würde.

»Herr Sato, wollen Sie sich dem Kampf nicht anschließen? Diese Priesterin und die besessene Paladin sind doch beide Ihre Freunde, oder nicht? Wollen Sie sie einfach im Stich lassen?!« Sena klang vollkommen verzweifelt, aber was erwartete sie denn von mir?

»Wie Sie wissen, bin ich nur ein Abenteurer. Alle anderen da draußen sind viel stärker als ich und kriegen den Hintern versohlt. Was genau soll ich da bitte ausrichten?«

»Sie ...! Sie sind unmöglich ...!« Senas Gesicht verzog sich schockiert, während sie vor mir zurückwich.

Währenddessen wurde ein Abenteurer nach dem anderen ausgeschaltet.

»K... Kazuma! Zählt das nicht als Krise? Ist das nicht sogar so ziemlich die schlimmste Krise, in der wir bisher gesteckt haben?«, rief Aqua den Tränen nah.

Neben mir umklammerte Megumin ihren Stab und wandte sich mir ängstlich zu.

Aber da konnte sie mich noch so eindringlich ansehen, ich war einfach zu schwach ...

Mit blasser Miene beobachtete Sena, wie ein weiterer Abenteurer bewusstlos geschlagen wurde, und ich spürte auch ihren Blick auf mir.

Ich wollte die Gelegenheit nutzen, um dieser Staatsangestellten einen Vortrag zu halten und ihr klarzumachen, dass ich für nichts davon verantwortlich war, dass ich nur ein unschuldiges Opfer war, das in diese Dinge hineingezogen wurde.

Oh Mann. Und da heißt es, ich hätte großes Glück. Seht euch doch nur an, in was ich verwickelt werde! Schönes Glück, sagte ich mir.

»Kazuma! Kazumaaaa!«

Es waren Aquas Hilferufe, die mich schließlich eine Entscheidung treffen ließen. »Ich habe wohl keine Waaaaahl!«

Mehr als ein bisschen verzweifelt zog ich mein Schwert und stürzte mich ins Getümmel. Ich hoffte darauf, dass schon alles irgendwie gut ausgehen würde – vorausgesetzt, ich hatte wirklich so viel Glück.

9

Darkness hatte sich Vanir geschlagen geben müssen.

»Wah ha ha ha ha! Waaaah ha ha ha ha! Bist du bereit, mein uralter Feind? Auch wenn ich nicht vorhergesehen habe, dass der Tag deines Verderbens hier und heute sein würde ...! Was ist denn, Junge, der der Schwächste von allen hier ist? Ich sehe genau, was du bist. Willst du eine Prophezeiung hören?«, fragte Vanir, als ich mich Darkness entgegenstellte.

»Ich sage dir, der du Frieden und Stabilität suchst, denk nicht zu viel nach und verschließ einfach die Augen vor dem hier. Dein großes Glück wird durch das unfassbare Unglück deiner Freunde ausgelöscht. Glück wirst du erst haben, wenn du deine Partymitglieder austauschst, was ich dir zu deiner eigenen Sicherheit raten will. Wenn du das tust ...«

Während Vanir schwadronierte, hieb ich mit meinem Schwert kommentarlos nach seiner Maske.

»Junge, dem sein Leben wertvoller ist als alles andere, woher kommt dieser Sinneswandel? Was immer du vorhast, es wird dir nichts nützen. Ergib dich, und ich gebe dir eine Vanir-Puppe und eine Maske wie meine eigene. Ich rate dir, sie anzunehmen und zu verschwinden.«

»N... Nein, danke ... Hey, Darkness, was treibst du da drin eigentlich? Willst du dich einfach so von einem dahergelaufenen Dämon dominieren lassen? Ich hätte nicht gedacht, dass du so ein Schwächling bist!«

Vanir antwortete auf meine Provokationen: »Wah ha ha ha ha ha! Es hat keinen Zweck. Wie du sehen kannst, habe ich längst ... **(Du ...! Wer ist hier ein Schwächling?! Und er dominiert mich überhaupt nicht! Ich genieße nur das Gefühlschaos, unter der Kontrolle eines Dämons zu stehen ...!)** Deine Worte können deine ... Hm? Einen so eisernen Willen hatte ich nicht erwartet. In all den Äonen meines Lebens ist mir noch nie jemand begegnet, den ich nicht kontrollieren konnte.«

Natürlich war unsere Kraftproben liebende Paladin noch bei Bewusstsein da drinnen.

»Okay, Darkness, hör zu. Ich werde den Talisman von seiner Maske entfernen. Dann musst du die Kontrolle über dich zurückgewinnen. Eine Sekunde reicht schon. Nimm die Maske ab und wirf sie weg. Dann ...«

Sobald Darkness sie los war, konnte sich Aqua um den Rest kümmern.

Aber Vanir musste meinen Plan durchschaut haben. »Hm. Keine dumme Strategie, aber es gibt ein Problem. Wie willst du Schwächling den Talisman erreichen, wenn ich über die volle Kraft meiner Wirtin verfüge? Ich muss sagen, ich genieße es, meine alte Feindin auf diese Weise zu bekämpfen. Vielleicht erlaube ich dir, das Siegel zu brechen ... *nachdem* ich mit ihr fertig bin.

(Hrm, ich muss sagen, es enttäuscht mich, dass du mich unterschätzt. Jetzt gerade könnte ich es mit der ganzen Welt aufnehmen!)«

Plötzlich sagte Vanir: »D... Du dummes Ding. Willst du dich selbst jetzt noch mit mir anlegen?«

Um uns herum lagen Abenteurer verstreut, die die flache Seite von Vanirs Schwert zu spüren bekommen hatten. Aqua sprach Heilmagie über sie, während ich Vanir in Schach hielt. Sie kam zu uns herüber und stellte sich hinter mich. »Kazuma, ich bin bei dir! Mit meiner Unterstützungsmagie kannst du diesen Dämon wie ein richtiger Held zur Strecke bringen!«

Die hatte gut reden.

»He he! Ich hab grad selbst eine ziemliche Glückssträhne. Also gut, Kazuma. Es ist Zeit, deine innere Stärke zu erwecken. Du musst dich nicht mehr zurückhalten. Hol Darkness von diesem Teufel zurück!«

Megumin, die sich zu uns gesellt hatte, hatte gut reden.

Und was genau sollte diese innere Stärke sein? Und warum glaubten Aqua und Megumin, dass ich mich mit Vanir anlegen und den Talisman erwischen könnte?

Vanir ging in Position. »Wah ha ha ha! Du willst mich zum Aufgeben zwingen? **(Denkst du)**, du kommst an diesen **(Talisman)**? Das will ich **(seh...)** Halt endlich dein Maul! Das ist mein Text!«

»Ihr wart doch beide so unglücklich über das Siegel. Soll es jetzt runter oder nicht?«

Während ich ihren Streit unterbrach, bereitete Aqua ihre Exorzismusmagie vor.

»Du hast etwas vor, Junge. Die strahlende Aura von dieser abscheulichen Kreatur verhindert, dass ich genau sehen kann, was. Aber ich weiß, du willst nicht die Schwerter mit mir kreuzen

... Hm. Ein Skill, also? **(›Stehlen‹! Das ist sein Lieblingstrick!)**«

»S... Spinnst du, meine Ideen auszuplaudern?!«

Und sie klang auch noch so stolz dabei. Vanir grinste mich an.

»Kazuma, meine Magie ist bereit.«

»Gut. Überlass den Rest mir! Also gut, Darkness, es geht los! Wir wär's mit einer neuen Wette? Wie im Trainingsring. Wenn ich gewinne, füge ich dieser ›schrecklichen Forderung‹, die du mir noch schuldig bist, etwas absolut Unfassbares hinzu. Und wenn du gewinnst, kannst du tun, was immer du willst!«

»**(Aah! S... Sag das doch nicht hier ...!)** H... Hey! Lass dich nicht von den süßen Worten dieses Jungen ablenken! Zeig keine Schwäche – häng dich voll rein! Nutz deine magische Kraft! Stähl dich gegen ›Stehlen‹ ...!«

Vanirs Kontrolle über die verwirrte Darkness ließ nach, und ihr Körper erstarrte.

Hinter mir hörte ich, wie Megumin plötzlich ihren »Explosion«-Zauber sprach. Als ich herumwirbelte, sah ich, dass sie auf den Eingang des Dungeons zielte.

Die Abenteurer, die mit uns hinabgestiegen waren, stürmten heraus, Vanirs Puppen dicht auf den Fersen.

Auch Vanir bemerkte es. Die Augen seiner Maske leuchteten seltsam auf, und die Puppen, die aus dem Dungeon strömten, rannten schnurstracks auf uns zu. Sie wollten Megumin ausschalten.

»Also dann! Los geht's, Vanir! Und Darkness, du musst dich wehren – halt ihn davon ab, sich zu rühren!«

Ich streckte die Hand nach seiner Maske aus ...

»Wenn du denkst, dass das ›Stehlen‹ eines einfachen Abenteurers gegen mich ausreicht, hast du dich aber gewaltig geschnitten! Jenen, die sich mir entgegenstellen, zeige ich keine Gn...«

»*Glut!*«

Der Zauber, den ich mit aller Macht herausschrie, war nicht »Stehlen«, sondern das Feuer beschwörende »Glut«.

Es gab keinen Grund für mich, den Talisman zu stehlen oder ihn zu entfernen. Ich konnte ihn ganz einfach wegbrennen ...

»Wah! Wah ha ha ha ha! Waaaah ha ha ha ha ha! **(Aaaah! Das war unfair, Kazuma! Du bist echt das Letzte!)** Ich muss schon sagen, ich bin beeindruckt, Junge! Es kommt nicht oft vor, dass jemand einen allwissenden Teufel hinters Licht führt!«

Der Talisman verbrannte, sodass nichts mehr Vanir und Darkness aneinanderband.

»Okay, Darkness, zeig uns, aus welchem Holz du geschnitzt bist! Reiß die Maske runter!«

Die Paladin ergriff die Maske und ...

»**(Ich ... Ich kann sie nicht abnehmen ...!)**«

Vanir kämpfte immer noch darum, die Maske auf ihrem Gesicht zu halten.

Und die Puppen kamen mit einem mörderischen Funkeln in den Augen auf uns zu.

Die Abenteurer, die aus dem Dungeon geflohen waren, bildeten eine Mauer zwischen ihnen und uns. Sie mussten intuitiv erkannt haben, dass wir hier gegen ein Bossmonster kämpften, und versuchten, die kleineren Gegner von uns fernzuhalten.

»Kazumaaa! Was jetzt? Soll ich meine Magie einsetzen?«, rief Aqua.

»Nein, warte. Die Maske ist noch mit Darkness verbunden! Wenn du jetzt deinen Zauber einsetzt, wird sie ihn einfach abwehren ...«

Aber dann ...

»**(Mach dir um mich keine Sorgen. Tu es!)**« Darkness sprach schnell. Ihre Hand ruhte immer noch auf der Maske.

Tu es? Aber es würde überhaupt keine Wirkung haben ...

»**(Wenn Aquas Magie nicht funktioniert, dann ... Macht euch um mich keine Sorgen. Lasst mich einfach zusammen mit der Maske explodieren.)**«

Halt ... Was hat sie gerade gesagt?

»Du Dummkopf! Mir egal, wie zäh du bist, ›Explosion‹ kannst du unmöglich überleben!«

»**(Es gibt nur einen Weg, das rauszufinden!)** Jetzt mal ganz langsam. Lasst uns doch darüber reden.«

Als er Darkness' Worte hörte, schien Vanir doch ins Schwitzen zu kommen.

Hinter mir hatte Megumin die Vorbereitungen für ihren Zauber abgeschlossen.

»**(Aqua, wenn ich die Maske abbekomme, zögere nicht! Setz deine Exorzismusmagie ein!)** Das war ja alles ganz lustig. Warum einigen wir uns nicht auf ein Unentschieden? **(Wenn nicht, setzt ›Explosion‹ ein ...!)** Ein Unentschieden gegen den Höllenfürsten, einen General des Dämonenkönigs. Das ist eine beeindruckende Leistung, würde ich sagen.«

»I... Ich hör dich, Darkness! Wenn du das dumme Ding los bist, kümmer ich mich drum!« Aqua ließ die Maske nicht aus den Augen und war bereit, jederzeit ihren Exorzismus abzufeuern.

»Kazuma, Darkness hat den Verstand verloren! Nicht mal sie kann diesem Zauber widerstehen!« Megumin war kurz davor, in Tränen auszubrechen.

Alle – die Puppen, die bis gerade eben noch auf uns zugestürmt waren, Sena und die anderen Abenteurer – hielten sich auf Abstand zu Darkness.

Und inmitten des ganzen Chaos ...

»(Hey, Vanir. Wir hatten nicht viel Zeit zusammen, aber ich habe sie genossen. Also ... stelle ich dich vor die Wahl. Du kannst mich loslassen und erlöst werden. Oder wir fliegen zusammen in die Luft. Deine Entscheidung.)«

Vernichtet werden oder vernichtet werden – eigentlich hatte er keine Wahl.

»Ich bin ein Teufel«, sagte Vanir finster, »ein Feind der Götter. Ich werde niemals zulassen, dass eine von ihnen mich erlöst! Wah ha ha ha ... In gewisser Weise werde ich genau so abtreten, wie ich es mir immer gewünscht habe. Es war mir ein Fest, dich zu kontrollieren.«

»Explosion« also.

Bei diesen Worten traten Darkness und die Maske einige Schritte von uns zurück. **»(In Ordnung, Megumin!)«**, forderte Darkness streng.

Megumin schüttelte nur schwach den Kopf und konnte sich nicht dazu bringen, es durchzuziehen ...

Sena konnte das Geschehen nur mit ausdrucksloser Miene beobachten.

Ich tätschelte ihre Schulter. »Wenn irgendwas schiefgeht, will ich, dass Sie aussagen, dass ich den Befehl gegeben habe. Ich übernehme die volle Verantwortung. Mal wieder.«

Sena nickte, weiß wie die Wand, und schluckte hart.

Unsere Paladin war die Stärkste hier. Die Stärkste in ganz Axel.

»Megumin, tu es!«

Ich hatte die Worte ausgesprochen. Ein Augenblick verging.

Und dann erschütterte eine gewaltige Explosion das Feld vor dem Dungeon.

Epilog

Epilog 1 – Aqua –

Einige Zeit nach dem Kampf gegen diesen komischen Dämon wurden Kazuma und ich zur Abenteurer-Gilde zitiert.

Mann ... Kazuma. Dieser Kazuma. Wie schafft er es nur immer wieder, uns von einer potenziell tödlichen Situation in die nächste zu manövrieren? Wenn ich jemals wieder einen General des Dämonenkönigs sehen müsste, wäre das noch zu früh. Hätten wir zur Abwechslung doch wenigstens mal einen langweiligen Tag.

Klar will ich schnell zurück in den Himmel, aber seit wir in dieser Welt sind, war es nichts als harte Plackerei.

»Es ist schon seltsam. Du hast all diese fantastischen Talente, aber du kannst damit nur Sachen machen, die komplett nutzlos sind«, murmelte Kazuma, während ich mit dem Wasser aus meinem Glas ein Bild malte.

»Natürlich habe ich die. Für wen hältst du mich denn?«

Für jemanden, der das Wasser kontrollieren konnte, war das hier nur ...

»Wenn du dich die Göttin der Kunst nennen würdest, würde dir vielleicht sogar jemand glauben.«

Am liebsten hätte ich ihm meine heilige Faust direkt in seine dumme Fresse geschlagen. Doch ich erinnerte mich an meine göttliche Würde und hielt mich zurück.

Es war definitiv meine Würde und nicht die Angst, was er mir im Gegenzug antun könnte.

Denn ich habe keine Angst vor Kazuma. Ganz bestimmt nicht.

Kazuma muss sich den ganzen Tag mit Darkness' Schwachsinn und den Problemen herumschlagen, die Megumin verursacht. Da kann wenigstens ich versuchen, nett zu ihm zu sein. Alle anderen in dieser Party sind unverantwortliche Kinder. Als Göttin muss ich über sie wachen.

»Hey. Was denkst du gerade? Ich wette, irgendwas Seltsames. Ich seh deinen mitleidigen Blick. Ich hasse das.«

Da versuchte ich, die Erwachsene hier im Raum zu sein, und wie dankte er es mir? *Trinkt er auch genug Milch? Ich hab gehört, Kalziummangel macht Leute reizbar.*

Aber ich bin sicher, er wird lernen, nachsichtiger zu sein. Denn wir sind heute hier, weil ...

Epilog 2 – Megumin –

Ich fürchte, ich war dieses Mal keine große Hilfe. Ich mache Kazuma jeden Tag Probleme – wenn auch nicht so viele wie Aqua und Darkness –, also dachte ich, dieses eine Mal könnte ich wirklich tun, was er sagt. Als die rationale Denkerin dieser Party ist es an mir, die Gefasste zu sein.

Auf dem Tisch kuschelte sich mein Krafttier Chomusuke an Kazuma. Wahrscheinlich hatte er ihr Herz erobert, weil er sie zu Hause gefüttert hatte.

»Ich versteh's nicht. Dieses Vieh scheint mich echt gern zu haben, aber um Aqua macht es einen großen Bogen. Vielleicht stimmt es ja, dass Katzen den Charakter eines Menschen erkennen können.«

»Gerade dachte ich noch, dass du mir leidtust, weil du jeden Tag mit so vielen Problemen konfrontiert wirst. Ich wollte dir zeigen, wie großmütig ich bin, indem ich dir ein bisschen Raum lasse. Aber ich kann einfach nicht ignorieren, was ich da eben gehört habe. Das klang fast, als hättest du sagen wollen, dass ich trotz all meiner Heiligkeit irgendwie kein guter Mensch bin.«

»Ja, genau das habe ich gesagt.«

Chomusuke rannte zu mir, um vor dem Streit zu flüchten, der sich zwischen Kazuma und Aqua zusammenbraute. Ich hob sie auf und setzte sie auf ihren Stammplatz auf meiner Schulter.

In einer Ecke der Gilde saß Yunyun, die mir hatte helfen sollen, Kazumas Namen reinzuwaschen, ganz allein und aß. Das musste sie doch nicht. Es war höchste Zeit, dass sie unsere sogenannte Rivalität vergaß und sich uns anschloss.

Ich würde ihr später danken müssen. Zugegeben, Kazuma hatte ganze Arbeit geleistet, alle davon zu überzeugen, dass er kein Spion des Dämonenkönigs war. Aber sie hatte im Hintergrund nachgeholfen.

»Arrgh ... Ich ertrag's nicht mehr ...«, erklang ein Murmeln von dem Platz Kazuma gegenüber.

Zitternd und mit hochrotem Kopf brach Darkness auf dem Tisch zusammen. Abenteurer riefen ihr schon seit einiger Zeit immer wieder irgendwelche Dinge zu, und mit jedem Ruf wurde ihr Gesicht noch röter.

Sie war die Älteste in unserer Party, aber vielleicht auch die Weltfremdeste. Sie versuchte, sich cool zu geben, aber eigentlich war es ganz einfach, sie aus der Fassung zu bringen. Wenn man das alles zusammennahm, war es unglaublich verführerisch, sie ab und an zu necken.

In Ordnung ... Ich erhob mich von meinem Platz und ging auf sie zu ...

Epilog 3 – Darkness –

Oh Götter. Wie konnte das passieren?

»Wie lange willst du noch vor dich hin brabbeln? Ist dir eigentlich bewusst, dass du für mehr der Dinge, für ich ich angeklagt wurde, verantwortlich bist als alle anderen? Den meisten Ärger machen in absteigender Reihenfolge du, Megumin und Darkness! Wenn du das endlich begriffen hast, setz dich da in die Ecke und zähl die Staubkörner an der Wand oder so was, bis ich meine Auszeichnung bekommen habe!«

»Waaaaaaah! Wie kannst du so grausam sein, Kazuma?! Es ist ja nicht so, dass ich absichtlich Probleme verursache! Der Flutschaden von unserem Kampf gegen Beldia, die Geisterbarriere um den Friedhof, die all diese Heimsuchungen verursacht hat – ich wollte immer nur das Richtige tun!«

»Entschuldige mal, aber ich denke, dass *ich* hier den wenigsten Ärger mache.«

Ich stützte den Kopf in die Hände und beobachtete aus dem Augenwinkel, wie die drei stritten.

Plötzlich rief mich jemand von hinten: »Hey, Lalatina! So heißt du doch, oder? Niedlich.«

Ich fing an zu zittern.

»Lalatina, Süße, wir sollten dir Kleider besorgen, die so niedlich sind wie dein Name! Ich helf dir beim Aussuchen.«

Das Zittern wurde heftiger.

»Lalatina, hm? Das klingt so ... vornehm und kultiviert.«

Ach, hört schon auf!

Den ganzen Schlamassel mit Fürst Alderp hatten wir überstanden, aber dafür hatte ich jetzt ein ganz anderes Problem ...

Mit Tränen in den Augen hob ich den Kopf und starrte den Ursprung dieser Sticheleien, die ich von allen Seiten ertragen musste, an.

»Uuh, was soll das böse Gesicht, Lalatina? Das passt nicht zu jemandem mit so einem niedlichen Namen.«

»Grrrrr ...!« Mein Gesicht brannte, doch ich biss die Zähne zusammen und ertrug Kazumas Spott.

Nachdem er mich in unserem Duell besiegt hatte, hatte er geschworen, dass er mir etwas so Schreckliches antun würde, dass es mich zum Weinen bringen würde – und er hatte Wort gehalten.

Hrr, ich könnte mich verfluchen! Im letzten Moment die Nerven zu verlieren, obwohl der Sieg zum Greifen nah war ...!

Der alte Fürst Alderp hatte zu den Vorkommnissen überhaupt nichts gesagt. Aber ich war sicher, dass ich nicht das letzte Mal von ihm gehört hatte.

»Ooh, sieht aus, als wollten sie anfangen. Wir machen später weiter ... *Lalatina*!«

Ich griff mir eine Holztasse und warf sie nach Kazuma, als er aufstand.

Epilog 4 – Kazuma –

»Abenteurer Kazuma Sato.« Ich stand am Tresen der Gilde, und die Blicke aller anwesenden Abenteurer ruhten auf mir. »Für Ihre Verdienste erhalten Sie diese Dankschrift von der Stadt.

Gleichzeitig entschuldigen wir uns aus tiefstem Herzen, dass wir Sie verdächtigt haben.«

Ich nahm das Dankesschreiben von Sena entgegen, die sich tief vor mir verbeugte.

Eine Woche war seit unserem Kampf mit Vanir vergangen.

Wir waren von allen Anschuldigungen, Spione des Dämonenkönigs zu sein, freigesprochen worden, weil es andernfalls einfach keinen Sinn ergeben hätte, dass wir einen seiner Generäle besiegt und dabei sogar unsere Leben aufs Spiel gesetzt hatten.

Nachdem Sena mich mit eigenen Augen im Kampf beobachtet hatte, hatte sie dafür gesorgt, dass meine Anklage wegen Landesverrats fallen gelassen wurde und ich die mir zustehende Belohnung für die Vernichtung des Destroyers erhielt – wenn auch ein bisschen später als alle anderen.

Aber eigentlich war die Tatsache, dass die Androhung der Todesstrafe nicht mehr auf mir lastete, Belohnung genug. Und die Aussicht, dass ich vielleicht doch in der Lage sein würde, unsere Schulden zu begleichen, machte mich sehr dankbar.

Nachdem Darkness' Wunden endlich verheilt waren, waren wir heute in die Gilde bestellt worden.

»Und nun zur Adeligen Lalatina Ford Dustiness. Ihre Aufopferung und überragende Leistung sind ein großartiger Verdienst, der dem Ruf der Familie Dustiness alle Ehre macht. Sie erhalten dafür eine Dankschrift der Königsfamilie und eine neu angefertigte Rüstung, da Sie Ihre im letzten Kampf verloren haben.«

Die Ritter, die sich respektvoll im Hintergrund gehalten hatten, traten mit einer brandneuen Rüstung für Darkness vor, die hochrot anlief und zu zittern anfing.

Megumins »Explosion« hatte den maskierten Teufel Vanir vernichtet. Darkness war mit lebensbedrohlichen Verletzungen und ohne ihre Rüstung im Krater zurückgeblieben.

Aqua hatte sie gesund gepflegt, was uns heute hierherführte, aber ...

»Glückwunsch, Lalatina!«, rief jemand. Darkness zuckte.

»Ja, gut gemacht, Lalatina!«

»Das ist unsere Lalatina!«

»Du bist so süß, Lalatina!«

Als einer nach dem anderen ihren richtigen Namen rief, vergrub Darkness das Gesicht in beiden Händen, wurde bis über beide Ohren rot und ließ den Kopf wieder auf den Tisch sinken.

Ich hatte ja gesagt, ich würde ihr etwas so Grausames antun, dass sie weinen würde. Ich hatte nur mein Versprechen gehalten ...

»Aber Darkness, ich finde, Lalatina ist ein wirklich süßer Name! Kazuma fängt sich nachher noch eine dafür, dass er ihn im Scherz verbreitet hat. Du solltest stolz auf den Namen Lalatina sein!« Aqua, die es nur gut meinte, merkte überhaupt nicht, dass sie damit nur noch tiefer in der Wunde bohrte.

Megumin, die nähergekommen war, um die Show zu genießen, zuckte, während sie versuchte, ein Lachen zu unterdrücken. Darkness' Schultern dagegen zuckten aus einem ganz anderen Grund. Die Erzmagierin tätschelte ihr tröstend die Schulter.

Um mein Versprechen zu halten, ihr etwas so Schreckliches anzutun, dass es Darkness zum Weinen bringen würde, hatte ich ihren echten Namen überall rumerzählt. Jetzt zog sie jeder Abenteurer, der ihr begegnete, damit auf. Aber das würde auch wieder aufhören.

»Lassen Sie mich fortfahren. Kommen wir zu Herrn Satos Belohnung.« Senas Worte brachten das Gemurmel in der Gildenhalle zum Verstummen. »Abenteurer Kazuma Sato und Party, Sie haben uns bei der Vernichtung des Destroyers einen großen Dienst erwiesen, und Vanir hätte ohne Ihre Leistung unmöglich besiegt werden können.«

Die ernste Miene, mit der Sena meine Anklage verlesen hatte, war verschwunden, ersetzt durch ein sanftes, gütiges Lächeln. »Aus diesem Grund erhalten Sie abzüglich Ihrer Schulden und des Schadensersatzes für Fürst Alderps Villa«, sie zog ein Blatt Papier hervor, »eine Belohnung von vierzig Millionen Eris. Ich gratuliere zu Ihren Errungenschaften.«

Sie überreichte mir einen dicken Sack. Wilder Applaus brach im Saal aus, und die Abenteurer jubelten und riefen, dass ich eine Runde schmeißen sollte. In der Gildenhalle herrschte ausgelassene Stimmung.

Ich überließ es Aqua – der Partygöttin – und Megumin, sich um alles Weitere zu kümmern, und verließ mit Darkness die Gilde.

Unsere Schulden waren endlich beglichen, doch Darkness schien das nicht aufzuheitern.

Wir hatten noch etwas zu erledigen. Wir mussten jemandem vom Tod von Vanir, dem General des Dämonenkönigs, erzählen.

Vanir hatte uns gesagt, dass er eine Freundin in der Stadt hatte. Eine Freundin, die einen trödeligen kleinen Laden führte und mittellos war, egal wie hart sie auch arbeitete ...

Das konnte nur eine andere Generalin sein – Wiz.

Mit anderen Worten, wir hatten einen Freund von ihr getötet. Er hatte es auf Aqua abgesehen gehabt, und als Abenteurer war es unsere Pflicht gewesen, uns ihm zu stellen. Aber das war jetzt wenig tröstlich.

Wir standen an der Ecke einer Gasse, in die sich nicht viele Besucher verirrten, vor einem Laden, auf dessen Schild stand: WIZ' MAGIEBEDARF.

»Kazuma, überlass es mir, Wiz davon zu erzählen. Vanir und ich haben uns zusammen im selben Körper ausgetobt, wenn auch nur für kurze Zeit. Und obwohl ich seinem Spott über die Menschen nicht zustimmen kann, fand ich ihn gar nicht so böse ... Auch wenn er irgendwie besessen war von seiner Rache an Aqua. Vielleicht gehört sich das nicht für eine Paladin im Dienste unserer Herrin Eris, aber ... na ja, ich hab ihn nicht gehasst.« Während Darkness sprach, war ihr Blick in die Ferne gerichtet.

Moment mal. *Ausgetobt*? Mann, ich hatte mich doch nicht getäuscht. Sie hatte nicht nur so ausgesehen, als hätte sie Spaß dabei gehabt, diese ganzen Abenteurer auszuschalten.

Nichtsdestotrotz öffnete ich die Ladentür und trat ein.

»Willkommen!«, grüßte mich eine fröhliche Stimme. Ich konnte mir das Lächeln auf Wiz' Gesicht genau vorstellen, und mein Herz verkrampfte sich.

Ich war kaum eingetreten, als ich bemerkte, dass Wiz einen neuen Angestellten hatte, der die Schürze des Ladens trug. Der Neue war ziemlich groß. Er wirklich unfassbar gut gelaunt, und seine Lippen waren zu einem breiten Grinsen verzogen ...

»Ihr seid es! Willkommen! Junge Frau, die vor dem Laden stand und gesprochen hat, als würde sie sich für etwas schämen, ich will dir etwas sagen. Ich sehe, du hasst mich nicht – aber da wir Teufel kein Geschlecht haben, fürchte ich, ich kann dein verschämtes Liebesgeständnis nicht erwidern ... Ooh, was für eine bittere Schmach, wie köstlich! Was ist? Warum hast du dich auf dem Boden zusammengekauert? Hast du wirklich gedacht, ich sei vernichtet worden?! Wah ha ha ha ha ha!« Der maskierte

Angestellte tat so, als sei an seiner Anwesenheit überhaupt nichts Seltsames. Er tätschelte Darkness, die auf dem Boden saß und mit hochroten Wangen das Gesicht an den Knien vergraben hatte und zitterte, beruhigend die Schulter.

Da steckte Wiz den Kopf durch die Tür zum Hinterzimmer. »Oh, Kazuma, willkommen! Ich habe gehört, du hast Vanir besiegt und allen bewiesen, dass du kein Spion bist. Glückwunsch! Damit bleiben nur noch deine Schulden, richtig? Aber keine Sorge, Vanir hier ist sehr talentiert darin, Geld zu verdienen ...«

Ich hielt eine Hand hoch, um ihr fröhliches Geplapper zu unterbrechen. »Es stimmt, mein Name wurde reingewaschen. Aber was ist mit dem? Er wirkt ganz schön lebendig für jemanden, der von ›Explosion‹ getroffen wurde. Eigentlich sollte er nicht mal hier sein. Aber er hat nicht mal einen Kratzer!«

Vanir schien von meiner Frage aufrichtig überrascht zu sein. »Was redest du denn da? Nicht mal ich kann eine solche Detonation ohne einen einzigen Kratzer überstehen. Hier, sieh dir mal meine Maske ganz genau an.« Er deutete auf sein Gesicht.

Ich beugte mich dichter heran und sah die römische Ziffer II.

»Diese Explosion hat mich eins meiner Leben gekostet, und diese Zahl zeigt an, dass ich der zweite Vanir bin.«

»Verschwinde.«

Auf meinen Ausbruch reagierte Wiz mit besänftigendem Gemurmel. »Vanir wollte schon seit einiger Zeit als General des Dämonenkönigs aufhören. Wie es scheint, ist er, nachdem er einmal vernichtet wurde, zurückgekehrt, um seinen Traum zu verwirklichen. Er versorgt den Bannkreis um das Schloss des Dämonenkönigs nicht länger mit Energie, also ist er jetzt vollkommen harmlos.« Während sie sprach, lächelte Wiz die ganze Zeit, wahrscheinlich weil sie froh war, wieder mit ihrem Freund vereint zu sein.

Aber harmlos …? Hmm … Vielleicht sollte ich lieber Aqua herholen, damit sie ihn noch mal vernichten konnte.

Während ich allerdings noch darüber nachdachte …

»Du, Mann, der aus einem weit entfernten Land kommt, der du den Dämonenkönig besiegen willst, obwohl du weder über Talente noch über Stärke verfügst, der allwissende Teufel prophezeit, du und die junge Frau, die da brabbelnd auf dem Boden kauert, werden in naher Zukunft eine höchst schwierige Prüfung zu bestehen haben. Es wird eine sehr harte Prüfung sein, die dir deine eigene Machtlosigkeit vor Augen führen wird. Aber bis dahin wird unsere geschäftliche Zusammenarbeit sehr erfolgreich sein … Ich habe ein paar gute Ideen. Willst du sie hören?« Vanirs Gesicht verzog sich zu einem angenehmen Lächeln, auch wenn die Worte, die aus seinem Mund kamen, nach nichts als Ärger klangen …

ENDE

Nachwort

Wuuhuu! Band drei!

Zum Glück ist Band 3 endlich irgendwie erschienen. Jetzt, wo ich es so weit geschafft habe, fühlen sich die Dinge langsam realer an.

Ich erwarte immer noch, dass ich irgendwann aufwache und feststelle, das war alles nur ein Traum. Die Vorstellung, dass ich mir das alles nur eingebildet haben könnte, hat mich so fertiggemacht, dass ich mir Ausgaben von Band 1 und 2 unters Kopfkissen gelegt habe. Wenn das so weitergeht, brauche ich bald gar kein Kissen mehr.

Bevor ich wusste, wie mir geschah, gab es sogar schon Ausgaben im Ausland. Die Bücher wurden in verschiedene Sprachen übersetzt, und es gibt sie auch schon zu kaufen.

Ich frage mich, wie sich diese Übersetzungen wohl lesen. Ich verwende viele komische Begriffe und seltsame Formulierungen. Um ehrlich zu sein, bin ich mir nicht mal sicher, ob mein Japanisch immer unbedingt viel Sinn ergibt. Ich hoffe, das macht den Leuten, die den Text übersetzen müssen, nicht zu viel Kummer.

Ja, ja, schon klar. Ich sollte besseres Japanisch schreiben. Ich hör euch ja, aber ich werd's trotzdem nicht tun.

Neulich bin ich in den Buchladen gegangen und wollte alle meine Bücher im Regal einen Zentimeter vorziehen, damit sie mehr auffallen. Als ich ankam, stand da jemand und hat im ersten Band von *Konosuba* gelesen.

Während ich noch völlig verdattert dastand, nahm derjenige das Buch und ging damit zur Kasse. Aus Dank habe ich mich vor ihm verbeugt.

Ich habe gesehen, wie jemand mein Buch gekauft hat. Wenn

ich daran denke, habe ich immer noch Gänsehaut.

Ihr wisst doch, dass es in Japan als unhöflich gilt, wenn die Fußsohlen auf jemanden zeigen? Aber mir ist klar geworden, dass ich Leser im ganzen Land habe, was bedeutet, wenn ich mich schlafen lege, müssen meine Füße zwangsläufig auf jemanden zeigen. Ab heute Nacht werde ich also im Stehen schlafen.

Nein, natürlich nicht. Tut mir leid, aber das ist einfach unmöglich.

Okay, jetzt aber genug mit dem sinnlosen Geplapper. Reden wir über das Buch. In Band 3 wird unser aller liebste Staatsanwältin eingeführt. Und ich kann euch versprechen, ihr werdet sie noch oft zu sehen kriegen.

Ich überlege, ob ihre Verbindung zu Kazuma nicht dazu führen sollte, dass ihre Karriere den Bach runtergeht. Und danach lebt sie in Schande. Oder auch nicht.

Sie würde mir wirklich leidtun, wenn sie sich um alle Probleme kümmern müsste, denen die Hauptfiguren in Zukunft noch so begegnen.

Dabei fällt mir gerade auf, dass alle Figuren in dieser Geschichte ziemlich armselig sind.

Nein! Am Ende werden sie sicher …!

Na ja, ich gebe mein Bestes, um euch bis zum Ende bei der Stange zu halten.

Wie ich schon im letzten Band erwähnt habe, erscheint auf der Website der *Sneaker Bunko* gerade eine Spin-off-Serie über Megumin. Schaut doch bitte mal rein. Wenn ihr dann auch noch bei der Umfrage mitmacht, würdet ihr einen Autor damit sehr glücklich machen.

Wie immer brauchte ich die Hilfe von vielen Menschen, um diesen Band fertigzustellen. Ich würde wirklich gern weniger Tipp- und Ausdrucksfehler machen. Es tut mir sehr leid. Ich verspreche, beim nächsten Mal strenge ich mich mehr an.

Mein lieber Kurone Mishima, danke, dass du auch diesen Band wieder mit deinen Illustrationen bereichert hast.

An alle in der Redaktion und alle, die an der Produktion dieses Buches beteiligt waren, vielen Dank. Nur euch ist es zu verdanken, dass Band 3 erscheinen konnte. Wirklich.

Vielleicht kann ich als Autor lernen, weniger Probleme zu machen. Ich muss ein bisschen erwachsener werden, bevor mein Redakteur noch einen Herzinfarkt bekommt.

Ich werd's versuchen ...

Also, ich werd versuchen, es zu versuchen ...

Aber immerhin, wie es aussieht, wird Band 4 ein bisschen eher fertig. Ooh, ich bin so dankbar!

Ich werde beim Schreiben mein Bestes geben und würde mich freuen, wenn ihr reinschaut.

»Zur selben Zeit, als ich das Buch gekauft habe, habe ich auch eine Freundin gefunden.«

»Zusammen mit dem Buch habe ich auch noch zehn Lottotickets gekauft und dreihundert Yen gewonnen!«

»Ich habe mir aus mehreren Ausgaben dieses Buches eine kugelsichere Weste gebaut. Sie hat mich sicher aus dem Krieg nach Hause gebracht.«

Natürlich habe ich ... keine ... solchen Leserbriefe bekommen. Aber wenn ihr auch nur ein bisschen Spaß beim Lesen hattet, macht mich das schon glücklich.

In diesem Sinne, an alle, die an diesem Buch gearbeitet haben, und an alle, die es gelesen haben, meinen tiefsten Dank!

Natsume Akatsuki

YAY! (¯▷¯*),
Band 3 ist draußen!
Mein Bedürfnis, Darkness zu quälen, wird mit jedem Band stärker ...
Hier ist eine bezaubernde Darkness. Es hat Spaß gemacht, sie mit ein bisschen Stil und Klasse zu zeichnen.
2014.0

Nächstes Mal

Autor: Natsume Akatsuki

Extreme Unwetter, steigende Temperaturen. Gleichzeitig wird die Bademode der Mädels am Strand immer knapper. Ja, die globale Erwärmung gibt es wirklich. Die Erde ist jetzt in Gefahr. Sollten wir unseren geliebten Kindern nicht einen Planeten hinterlassen, der eine Zukunft hat?
Diese Gedanken haben mich umgetrieben, während ich, ohne zu schlafen, an diesem Buch geschrieben habe und dabei gleichzeitig versucht habe, meinen CO_2-Fußabdruck gering zu halten. Ich bin ein Öko-Autor, der im Hier und Jetzt angekommen ist.
Meine neueste Leidenschaft sind Pflanzen. Ich möchte mal im Garten begraben werden und dann von Photosynthese leben.

Illustration: Kurone Mishima

Geboren in der Präfektur Saitama und lebt heute in Chiba.
Lieber ein weißhaariges Mädchen als drei warme Mahlzeiten. Ich liebe Mandarinenlimo und Katzen. Ich weiß einfach nie, was ich hier schreiben soll ...

TOKYOPOP®

TOKYOPOP GmbH
Hamburg

TOKYOPOP
1. Auflage, 2023
Deutsche Ausgabe/German Edition
© TOKYOPOP GmbH, Hamburg 2023
Übersetzt von Katrin Aust

KONO SUBARASHII SEKAI NI SHUKUFUKU WO! Vol.3
YONDE MASU YO, DARKNESS SAN
©Natsume Akatsuki, Kurone Mishima 2014
First published in Japan in 2014 by KADOKAWA CORPORATION, Tokyo.
German translation rights arranged with KADOKAWA CORPORATION, Tokyo through TUTTLE-MORI AGENCY, INC., Tokyo.
Coverillustration: Kurone Mishima
Coverdesign: Yuko Mukadeya + Nanafushi Nakamura (musicagographics)

Redaktion: Markus Rohde
Lektorat: Kerstin Feuersänger
Lettering und Herstellung: Mathias Neumeyer
Umschlaggestaltung: Anja Winteroll, Annika Meyer-Wülfing
Druck und buchbinderische Verarbeitung:
CPI–Clausen & Bosse GmbH, Leck
Printed in Germany

MIX
Papier
FSC FSC® C083411

Wir achten auf die Umwelt.
Dieses Produkt besteht aus FSC®-zertifizierten und anderen kontrollierten Materialien.

Alle deutschen Rechte vorbehalten. Nachdruck, auch auszugsweise, verboten. Kein Teil dieses Werkes darf ohne schriftliche Genehmigung des Verlages in irgendeiner Form reproduziert oder unter Verwendung elektronischer Systeme verarbeitet, vervielfältigt oder verbreitet werden.

ISBN 978-3-8420-7172-8

www.tokyopop.de

KONOSUBA! GOD'S BLESSING ON THIS WONDERFUL WORLD!

Masahito Watari / Natsume Akatsuki / Kurone Mishima

Schöne neue Welt? Von wegen!

Beim Versuch, ein junges Mädchen zu retten, stirbt der Nerd Kazuma vor lauter Schreck an einem Herzinfarkt. Zu allem Übel lacht ihn im Jenseits die arrogante Göttin Aqua für seinen peinlichen Tod auch noch aus. Weil er immerhin versucht hat, Gutes zu tun, darf sich Kazuma in einer Welt, die ihn sehr an seine Lieblingsgames erinnert, erneut behaupten und sogar ein Objekt seiner Wahl mitnehmen. Kurzerhand schnappt er sich die freche Göttin, die nun mit ihm gemeinsam den Dämonenkönig besiegen soll. Doch kann das den beiden Streithähnen überhaupt gelingen, wenn sie es noch nicht einmal schaffen, eine warme Mahlzeit aufzutreiben?

TOKYOPOP®

www.tokyopop.de

OVERLORD – LIGHT NOVEL

Kugane Maruyama / so-bin

Zwölf Jahre lang beherrschte das Online-Rollenspiel Yggdrasil die Gaming-Welt. Für den Gildenmeister, den sogenannten Overlord, mit dem Alias »Momonga« und seine Gilde Ainz Ooal Gown war es ein aufregendes Abenteuer. Doch jetzt ist der Hype um das Game vorbei und die Server sollen abgeschaltet werden. Als sich Momonga ein letztes Mal einloggt, um da zu sein, wenn das Spiel offline geht, geschieht das Undenkbare: Er kann sich nicht mehr ausloggen. Und die Spielfiguren der Großen Gruft von Nazarick beginnen, sich wie lebendige Menschen zu bewegen und zu handeln. Die Fantasie wird zur tödlichen Realität. Auch wenn das Spiel vorbei ist, hat die epische Geschichte von Ainz Ooal Gown gerade erst begonnen ...

TOKYOPOP®

www.tokyopop.de

THE RISING OF THE SHIELD HERO

Kyu Aiya / Yusagi Aneko / Seira Minami

Held der Verteidigung

Der Nerd Naofumi soll die unbekannte Fantasy-Welt, in die er beschworen wurde, vor dem Untergang bewahren. Doch als unbeliebter, weil auf Verteidigung spezialisierter, »Held des Schildes« muss er seine Tauglichkeit erst einmal unter Beweis stellen und der Verachtung seiner Mitstreiter und Schutzbefohlenen mutig entgegentreten!

TOKYOPOP

www.tokyopop.de

THE RISING OF THE SHIELD HERO – LIGHT NOVEL

Yusagi Aneko

Beim Stöbern in der Bibliothek entdeckt der Nerd Naofumi ein Buch mit der Aufschrift *Traktat der Waffen der vier Heiligen*. Nur wenige Augenblicke später verliert er das Bewusstsein und erwacht in einer videospielartigen Welt. Diese steht kurz vor ihrem Untergang und allein vier legendäre Helden sollen in der Lage sein, den bevorstehenden Angriffswellen der Monster aus anderen Dimensionen Einhalt zu gebieten. Naofumi ist einer von ihnen – der Held des Schildes. Allerdings genießt seine auf Verteidigung spezialisierte Waffe wenig Ansehen. Von Verachtung und Verrat umgeben, steht Naofumi nun vor seiner größten Aufgabe: der Held zu werden, den bisher niemand in ihm sieht!

TOKYOPOP®

www.tokyopop.de

SWORD ART ONLINE – LIGHT NOVEL

Reki Kawahara / abec

Dein Spiel, dein Leben!

Wir schreiben das Jahr 2022: Gamer auf der ganzen Welt warten gespannt auf das neue Virtual-Reality-Game *Sword Art Online*, in dem man die Spielewelt so real wie nie zuvor erleben kann! Doch als die Spieler in Massen online gehen, stellen sie geschockt fest, dass es keine Möglichkeit zum Log-out gibt. Eine Rückkehr in die Realität ist ihnen nur möglich, wenn sie das Game komplett durchspielen. Doch ein Game Over in der Welt von Aincrad bedeutet den Tod im wirklichen Leben!

TOKYOPOP

www.tokyopop.de

ACCEL WORLD – LIGHT NOVEL

Reki Kawahara / HIMA

Welcome to the accelerated world!

Die Begegnung mit Kuroyukihime, dem schönsten Mädchen der Schule, krempelt das Leben des dicken dreizehnjährigen Haruyuki komplett um. Sie führt ihn in die »beschleunigte Welt« des Online-Games *Brain Burst* ein. Von dem Moment an ist der sonst stets verspottete Haruyuki ein »Burst Linker« und muss ritterlich seine Prinzessin beschützen. Eine neue unterhaltsame Scifi-Novel des talentierten japanischen *Sword Art Online*-Autors Reki Kawahara, der mit diesem Debütwerk den großen Newcomer-Preis des *Dengeki Bunko*-Magazins abräumte!

TOKYOPOP®

www.tokyopop.de

DEATH NOTE: LIGHT UP THE NEW WORLD

Tsugumi Ohba / Takeshi Obata
Masatoshi Kusakabe / Katsunari Mano

Das Notizbuch des Todes tötet wieder

Erneut häufen sich mysteriöse Todesfälle rund um den Globus und eine virale Videobotschaft des verstorbenen Light Yagami verkündet die Rückkehr Kiras, des »Herrschers über Leben und Tod«. Doch nicht nur Kira ist wieder aufgetaucht: Interpol schickt einen Privatdetektiv, den Nachfolger von L, nach Japan, um die Kira-Sonderkommission bei ihrer Arbeit zu unterstützen. Diesmal sind noch mehr Death Notes im Spiel, von denen jeder Besitzer seine eigenen Pläne hat. Schon bald entbrennt ein heißer Kampf um die Vorherrschaft der todbringenden Notizbücher ...

TOKYOPOP®

www.tokyopop.de

DEATH NOTE: L – CHANGE THE WORLD

Die ultimative Herausforderung für Meisterdetektiv L!

Eine Gruppe von fanatischen Bio-Terroristen will die Weltbevölkerung ausrotten, um die Menschheit anschließend aus nur wenigen Auserwählten wiederauferstehen zu lassen. Als Mittel zur Umsetzung dieses Plans sollen ein tödliches Virus und ein passendes Gegenmittel dienen. Als Meisterdetektiv L von den Terrorplänen erfährt, ist er fest entschlossen, diese um jeden Preis zu vereiteln. Ein rasantes Katz-und-Maus-Spiel beginnt, bei dem der Jäger bald selbst zum Gejagten wird ...

TOKYOPOP®

www.tokyopop.de

DIE BRAUT DES MAGIERS
LIGHT NOVEL – DAS GOLDENE GARN

Kore Yamazaki

Die erste Kurzgeschichtensammlung zu *Die Braut des Magiers*!

Die Welt von Elias und Chise ist viel größer, als es den Anschein hat! Unzählige Feen und Geister kreuzen abermals ihren Weg und entführen sie in unbekannte verborgene Winkel. Dieses Werk vereint die magische Geschichte von Kore Yamazaki, der Schöpferin von *Die Braut des Magiers*, mit weiteren Erzählungen japanischer Autoren – wie ein Wandteppich aus goldenem Garn, der Erinnerungen und Geheimnisse miteinander verwebt.

TOKYOPOP®

www.tokyopop.de

CHOCOLATE VAMPIRE – LIGHT NOVEL
DAS GEHEIMNIS DER FAMILIE KUROYURI

Nao Tsuzuki / Kyoko Kumagai

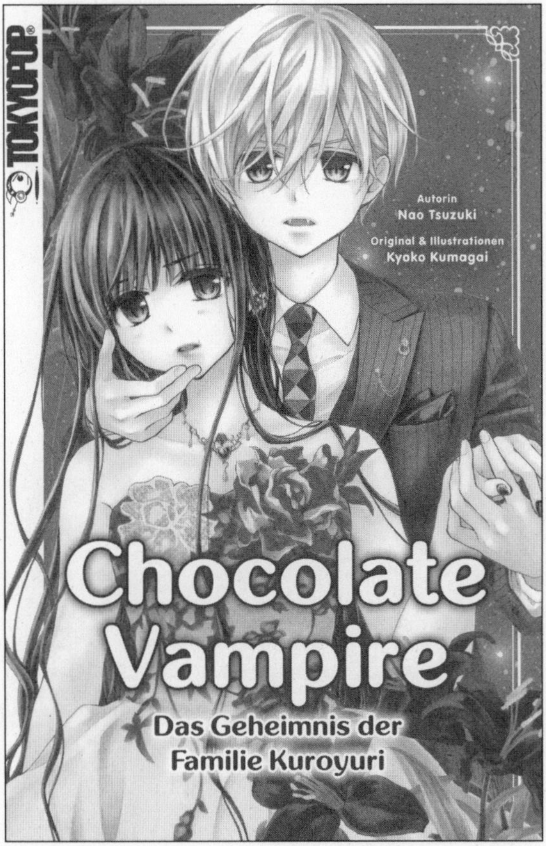

Die Droge in den totalen Wahnsinn …

Das Menschenmädchen Chiyo und der Vampir Setsu haben als Kinder einen Blutspakt geschlossen. Inzwischen groß geworden, besuchen die beiden eine Schule, an der Vampire und Menschen gemeinsam unterrichtet werden. Dort geht neuerdings das Gerücht über eine gefährliche Droge namens »Spice« um. Diese soll die Kräfte der Blutsauger schlagartig verbessern. Als Mitglied der Campus-Sicherheitstruppe wird Chiyo mit der Untersuchung beauftragt. Doch plötzlich entführen Unbekannte Setsus Bruder! Hat der Täter etwas mit der Droge zu tun …?

TOKYOPOP®

www.tokyopop.de

YONA – LIGHT NOVEL
UNTER DEMSELBEN MOND
Mizuho Kusanagi / Touko Fujitani

Die Light Novel *Yona – Unter demselben Mond* ergänzt die Abenteuer der starken Heldin Yona und ihrer Gefährten um mehrere Kurzgeschichten.

Ein Regenschauer zwingt die Gruppe um Prinzessin Yona, in einer Höhle Unterschlupf zu suchen. Der Grüne Drache Jeaha nimmt die Unterbrechung zum Anlass, die anderen nach ihren Sorgen zu fragen. Schnell nimmt das Ganze eine ungeahnte Dynamik an ...

TOKYOPOP®

www.tokyopop.de

THE GRANDMASTER OF DEMONIC CULTIVATION – LIGHT NOVEL

Mo Xiang Tong Xiu

Nach dem Tod von Wei Wuxian, einer der mächtigsten Männer seiner Generation, hallen Jubelschreie durch das ganze Land. Jahre vergehen bis er durch ein Opferritual zurück in die Welt der Lebenden – in den Körper eines Fremden – beschworen wird! Er versucht, seine wahre Identität geheim zu halten, trifft jedoch auf einen alten Bekannten: den attraktiven Lan Wangji. Als die beiden erneut in dunkle Machenschaften hineingezogen werden, müssen sie sich nicht nur ihren Gefühlen füreinander, sondern auch bösartigen Geistern und feindseligen Clan-Mitgliedern stellen, um die in dichten Nebel gehüllten Wahrheiten ans Licht zu bringen!

TOKYOPOP®

www.tokyopop.de

AME & YUKI – DIE WOLFSKINDER
EIN UNZERTRENNBARES BAND

Hosoda / Sadamoto / Karasuba

Ein Geheimnis, zwei Wege, für immer verbunden!

Als sich die Studentin Hana in einen mysteriösen Mann verliebt, ahnt sie noch nichts von seinem Geheimnis: Er stammt von einem altjapanischen Wolfsgeschlecht ab, weshalb er zwischen der Gestalt eines Menschen und der eines Wolfs wechseln kann! Sie bekommen zwei Kinder – Ame und Yuki. Doch dann stirbt Hanas Geliebter, und von da an ist sie mit ihren beiden Wolfskindern auf sich gestellt. Damit die frei entscheiden können, ob sie als Mensch oder Wolf leben wollen, zieht sie mit ihnen aufs Land. Dies ist der Beginn einer herzergreifenden Geschichte, die erzählt, wie Hana und ihre Kinder über sich hinauswachsen!

TOKYOPOP®

www.tokyopop.de